普天之下・盡是好書
普天出版家族
Popular Press Family
淩雲文創
A-Plus Creative Company

靈魂深處無助的生命絕唱
日本無賴派文學大師太宰治代表作品

人間失格

にんげんしっかく

太宰治 著

纖細而敏感的人最容易在人間受苦，幸福並非理所當然，美麗往往象徵著沉重的壓力，
明知道越沉淪越沒人格，仍舊選擇墜向無法自拔的深淵。
深深的絕望源自內心的迷茫，為了逃避現實而不斷沉淪，
經歷自我放逐，終究一步步走向自我毀滅的悲劇。
日本無賴派文學大師太宰治藉由小說主角的人生遭遇，巧妙地將自己的一生與思想涵蓋其中，
認為自己是個「失去人格的人」，在小說中描寫一個中年男子的墮落過程，
實際上是拿著文學的利刃，切剖自己最柔弱的內心深處……

【名家推薦】

• 太宰治的作品分爲二個人格，一方面帶著自身經歷的掙扎，另一方面則是坦然描述著血的事實。正因如此，比起那些把自己當成上帝的作家，他更能打動讀者。

——高爾基

• 精神的潔癖，讓像太宰治一樣的人容不得半點的傷害，他活在自己的世界裡，卑微而自由。他想要打破什麼，卻又沒有方向，他的痛苦在於他用心看著漆黑的世界。

——魯迅

• 無論喜歡他還是討厭他，肯定他還是否定他，太宰治的作品總擁有著一種不可思議的魔力，在今後很長一段時間裡，太宰筆下生動的描繪都會直逼讀者的靈魂，讓人無法逃脫。

——文藝評論家 奥野健男

•我承認他那罕見的才能，不過說也奇怪，他是我從未有過的、從一開始就產生如此牴觸的作家。也許是由於愛憎的法則，也許他是一個故意把我最想隱蔽的部分暴露出來的作家的緣故吧。

——三島由紀夫

•雖然三島由紀夫討厭太宰治，但我覺得三島由紀夫的文章本身就很像太宰治。這兩個人的作品裡都有很多警句，有的地方是用警句替代描寫。儘管我覺得很滑稽，但是不得不說，三島由紀夫是用太宰治的文體來寫東西的。

——大江健三郎

•村上春樹《聽風的歌》中「十全十美的文章和徹頭徹尾的絕望」深受太宰治和三島由紀夫之影響。

——日本作家 佐藤幹夫

•想要在人的世界裡好好地活下去，那種不能實現的焦慮以及想要認認眞眞活著的渴望才是他的本質。

——日本明治大學教授 齊藤孝

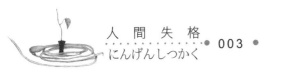

【出版序】

快樂厭世人——太宰治

●王 渡

其實，太宰治要傳達給我們的是，不管怎麼厭惡塵世，不管怎麼厭惡自己，我們都要堅強勇敢地走上自己的人生之路，做個「快樂厭世人」。

纖細而敏感的人最容易在人間受苦，飽嚐加諸身心的各種折磨。對這樣的人來說，幸福並非理所當然，美麗往往象徵著沉重的壓力，他們的苦惱來自於咀嚼自我之後，所產生的濃厚的厭惡感——既厭惡塵世，也厭惡自己。

因爲厭惡塵世，所以選擇墮落頹廢，爲了逃脫令人窒息的現實而以消極行爲對抗所謂的社會道德與普世價値。

因爲厭惡自己，所以不斷沉淪與自我放逐，對自己的厭惡感到了無法自拔的時候，往往只能選擇墜向更晦暗幽深的滅絕深淵。

墮落頹廢只是消極抵抗，自我毀滅也只是一種形式上的解脫，靈魂仍得不到救贖，心仍然是徬徨孤寂的吧！

日本無賴派文學大師太宰治就是這樣一個「厭惡自己到無法自拔的人」，顯現於外的是過著放浪墮落的「無賴」生活，隱藏於內的是不斷在小說中拿著文學的利刃，切剖自己最柔弱的內心深處，終於在一九四八年六月三日，與愛人山崎富榮在東京近郊的玉川上水投河自盡。

太宰治與川端康成、三島由紀夫並稱日本現代文學三大巨峰，是日本現代文學最富聲望的天才作家。

太宰治一生忠於自己的想法，以自我毀滅、自我否定的方式，呈現人性的眞實，在日本文壇被歸類爲無賴派作家。

無賴派又稱爲新戲作派、頹廢派、破滅型，由這些文學名詞不難想像他的作品所呈現的風格。

太宰治，本名津島修治，一九〇九年六月十九日出生於日本青森縣北津輕郡金木村的顯赫家庭，在十一個兄弟姊妹中排行第十，上有五個哥哥，四個姊姊。父親源右衛門是當地頗有名望的大地主，戰前由日本天皇敕選爲貴族院議員。

由於母親夕子體弱多病且兄姐衆多，太宰治從小就由奶媽叔母和女傭照顧。欠缺母愛、不受喜愛，加上個性嚴厲的父親早逝，太宰治從小就是一個纖細善感、感受力很敏銳的早熟孩子。

這些成長過程中對自身際遇的感受與體悟，深深影響他的文學創作，在他的作品中也曾多次描繪。

一九二三年，太宰治就讀青森中學一年級時開始嘗試寫作，三年級時下定決心當作家，並發行同仁雜誌。一九二七年，進入弘前高等學校就讀，這段期間太宰治持續在同仁雜誌上發表作品，接觸左派讀物，也結識了藝妓小山初代，開始有了自殺傾向。

一九三〇年，太宰治二十一歲時進入東京帝國大學法文科就讀，拜作家井伏鱒二爲師，積極想要踏上作家之路。

但是，長年不被家人喜愛的陰影，以及受到馬克思主義影響參與左派活動，使得太宰治的外在行徑有了巨幅轉變，從大學時代開始過著放浪不羈的生活。

該年，太宰治與舊識小山初代同居，十一月之時在銀座認識有夫之婦田部占子，兩人旋即相偕在鎌倉跳海自殺，太宰治獲救，田部占子不幸身亡。這段揮拂不去的夢魘，太宰治在《人間失格》等作品中曾重複描述。

後來，太宰治又曾多次與藝妓同居，歷經三次殉情未遂，這樣招來各界交相指責的醜聞，直到他與山崎富榮投水身亡之後才告終止。

但是，我們所認定的殉情或自殺，眞的只是無能理清感情棘刺的纏繞嗎？其實，並不盡然如此，也許感情因素並不如我們想像的那麼濃厚，太宰治在短篇小說〈小丑之花〉中就曾經暗示性地這麼說：「臨死之前，我們心中所想的事，完全大不相同……」

是的，不是感情的糾葛，而是靈魂的徬徨憔悴。厭惡塵世和厭惡自己

到無法自拔，或許才是一個人非死不可的眞正原因。

太宰治的作品象徵著毀滅美學，尤其以戰後作品引起無數年輕人共鳴，其中，他的代表作《斜陽》與《人間失格》更堪稱是日本戰後文學的金字塔作品。

《斜陽》單行本發行後，更躍爲當時最暢銷的書籍，還因此衍生了一個流行用語——「斜陽族」。

對生命感到孤獨徬徨，使得太宰治的文字每每流露著沉鬱的悲涼，但太宰治的作品眞的只是毀滅與悲劇嗎？

不，不是的。人最終會不會以悲劇收場取決於性格。

細細品讀太宰治的作品，我們可以發現，頹廢只是他外在的形式，其中散發洗滌心靈的熱能，在自我否定的過程，他同時也抒發自己內心深處的苦悶，以及渴望被愛的情愫……

其實，太宰治要傳達給我們的是，不管怎麼厭惡塵世，不管怎麼厭惡自己，我們都要堅強勇敢地走上自己的人生之路，做個「快樂厭世人」。

只不過，性格使他跳不脫宿命的流轉罷了，最終，纖細敏感的個性決定了他的命運。

爲了逃避現實而不斷沉淪，以毀滅、卑屈、落寞、矛盾的方式自我放逐，儘管太宰治狀似消極墮落，然而內心深處卻隱藏著對人生的積極渴望，也因此，當我們透過閱讀他的作品重新檢視自己之時，會看清人性的眞實與希望，發現生命的價值與喜悅……

【選編者言】

無賴派大師太宰治和《人間失格》

・傅博

《人間失格》不只是遺作，而是太宰治的公開遺書；只靠感情行動的大庭是太宰生涯的寫實，而對這種毫無理性的生方式，太宰的理性不斷自責。

本書作者太宰治於一九四八年六月十三日深夜，與愛人山崎富榮在東京近郊的玉川上水投河情死。據太宰治年譜記載，本書《人間失格》是這年三月十日至五月十二日間所執筆的，之後在綜合雜誌《展望》月刊上，分三期連載（六～八月號）後，七月二十五日收錄未完成遺稿〈再見〉由摩書店出版。

六月十三日自殺時，《展望》七月號剛出版，刊載第二回，《人間失格》尚未完結，可說是太宰治的遺作。筆者認爲，《人間失格》不只是遺作，而是太宰治的公開遺書。

《人間失格》是日本原作的書名。

「人間」這個名詞，日文的含義與中文完全不同，爲了讓台灣讀者對本書有所認識，須向讀者交代清楚。日語的「人間」與「人」同義，不具「世間」、「社會」等含義，而且「人間」原則上也非複數詞，即不含「人類」的意思。所以，「人間失格」直譯應爲「人失格」，意譯即「失去人格的人」或「不具做人資格的人」。

在《人間失格》，太宰治也發揮了其文學特徵之一的表達形式的多樣性，是一部「套匣式小說」。

全書由「序曲．後記」和「三篇手札」兩個不同的單元構成。本書之序曲和後記是本作品的一部份，與一般書籍作者說明該書寫作過程之類的附屬性文章不同。

序曲開頭就說：「我曾經見過三張那名男子之照片」，繼之詳細記述

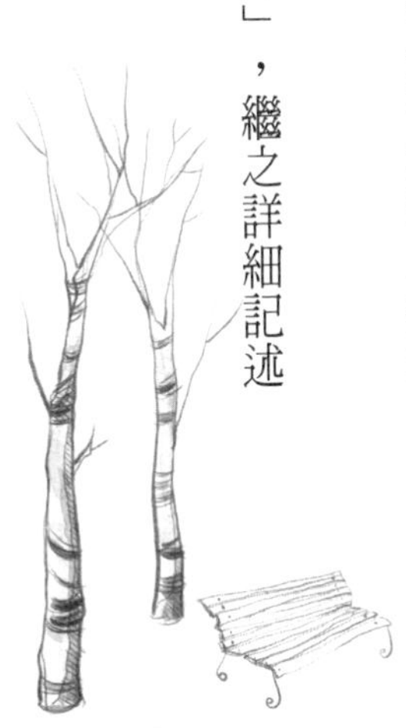

在不同時空下，所拍照的這個男人的面相，最後「我」對這三張照片的印象所下的結論是：「有著令人不可思議表情的小孩」、「這般不可思議美貌的年輕人」、「未見過這麼不可思議的男子面孔」。

序曲以第一人稱單視點的「我」記述，「我」沒有姓名，而「序曲」兩字的先入觀，讀者必定認爲是太宰治本人。筆者相信作者寫序曲時就這麼設計的。

短短的序曲之後的第一手札與那名男子的第一張照片相對應，主角大庭葉藏自述幼年時代的生活環境致使變成那種面相的經過。大庭認爲扮演小丑角色，是自己向人的最後之求愛——一個孤獨的小靈魂之徬徨。

第二手札對應第二張照片。大庭離開故鄉到東北的某中學求學，他仍然向周圍的人求愛扮演小丑，他被叫爲竹一的同學識破故意扮演丑角時，如何加強演技讓竹一信任。

到東京讀高等學校之後他學會喝酒、抽煙、買春、當押、左傾思想種種。最後，他與在銀座酒吧認識的酒家女常子到鎌倉跳海自殺，自己獲救，常子死亡——一個孤獨的靈魂之憔悴。

第三手札對應第三張照片。因跳海自殺事件而被高等學校開除後，大庭過著靠畫漫畫餬口的日子，私生活方面卻與女人的糾紛不間斷——一個孤獨的靈魂之墮落。

後記是序曲的「我」記述手札之來源；「我」並不認識大庭葉藏這個狂人。《人間失格》的主角是手札主人大庭葉藏，序曲和後記的「我」是手札的旁觀者，又是批評者。太宰治在本書所塑像的大庭和「我」兩種不同人格的人物，實際上都是太宰治本人的分身。

只靠感情行動的大庭是太宰生涯的寫實，而對這種毫無理性的生方式，太宰的理性不斷自責——我們可從序曲的短文中「我」對三張照片的憎惡與批評，以及後記的最後一行，也是本作品的最後一行：「我們所認識的阿葉是非常正直，相當機靈，若是不喝酒的話，不，就算喝了酒，……他也是像神一樣的好孩子」獲得答案。

太宰治於一九〇九年六月十九日出生於青森縣北津輕郡金木村大地主之家，本名津島修治，是十一個兄弟姊妹中排行第十的六男（五兄四姊一弟）。父親源右衛門是敕選（由日本天皇直接任命）的貴族院（戰前與眾議院構成立法機構）議員。

母親夕子因多病，而兄弟眾多，太宰治出生後就由奶媽養育，之後由叔母、女傭相繼照顧，不知生母之愛，雖然如此，太宰治的幼年時代，周圍都是女人（參照第一手札），這種生活環境，對後來太宰的人生和文學創作有著很大的影響。

太宰自幼小，就是一個感受性很敏銳的早熟孩子。中學一年級時就嘗試寫作，三年級時決心要當作家。十八歲認識藝妓小山初代，二十歲受共產主義影響，對自己身世發生疑問，企圖自殺。二十一歲考進東京帝國大學法文科而上京，這年參與「非合法運動」（即左派活動），一時與初代同居，不上學。

不久，初代被長兄帶回故鄉，十一月認識銀座酒家女，有夫之婦的田部占子，同居三天後兩人在鎌倉海岸跳海情死，占子死亡，太宰獲救（參照第二手札），這事件使太宰終身難忘，太宰在其作品重複描述過。

具文學才華的太宰少年，於一九二三年，即十四歲時考入青森縣立青森中學校後，在校友會雜誌發表習作外，和同學創刊同仁雜誌。一九二七年進入弘前高等學校文科甲類，七月，芥川龍之介的自殺帶給太宰很大衝激，九月與前述藝妓小山初代認識。二八年五月，創刊同仁雜誌《細胞文藝》，以辻島衆二名義發表《無間奈落》。

一九三〇年五月上京後，拜作家井伏鱒二爲師，繼續嘗試創作。太宰治的文學活動，到了三三年才開始萌芽，這年二月始用太宰治筆名，在《週日東奧》發表《列車》。

三月參與同仁雜誌《海豹》，在創刊號發表公認的處女作〈魚復記〉，繼之在該誌上，分三期連載了《回想記》，是一篇自傳性小說，從四歲的小孩時代寫到中學四年的最後休假這段期間，與本書第一手札有很多重複，但比較這兩篇，我們不難看出太宰的思想之變遷。

不只第一手札，第二、第三手札與早期作品有很多重複之處，《晚年》所收錄的幾篇作品就是《人間失格》的先驅作品，換句話說《人間失格》是太宰治自傳性作品的集大成。

【選編簡介】

傅博，台灣台南市人，日本早稻田大學經濟研究所畢業，日本推理作家協會會員、日本大眾文學研究會會員。旅居日本二十五年，以島崎博筆名撰寫書誌學、文化時評，並主編著名推理雜誌《幻影城》，以及《別冊幻影城》《幻影城評論研究叢書》《幻影城小說叢書》……等。回台後，長期致力於推理小說及日本文學編選譯介工作。

【譯者感言】

關於《人間失格》

《人間失格》字裡行間透露著深沉的悲哀、灰暗的色彩，而且總是深深地觸及人性幽暗的最底層，可說是淒涼無比的悲歌。

●李欣欣

《人間失格》被譽爲日本文壇大師太宰治最重要的作品。日本文評家奧野健男曾說，《人間失格》是：「太宰治只爲自己而寫作的作品，內在眞實的精神自敘傳」。

本書有相當程度帶有「自傳」的意味，內容是描述一個墮落得不能再墮落的人的自白，透露出極致的頹廢與無力的自虐，以幾近毀滅式、凌虐式之作，可以一探他對人性的矛盾、迷惑、虛僞、罪惡和陳腐一針見血做

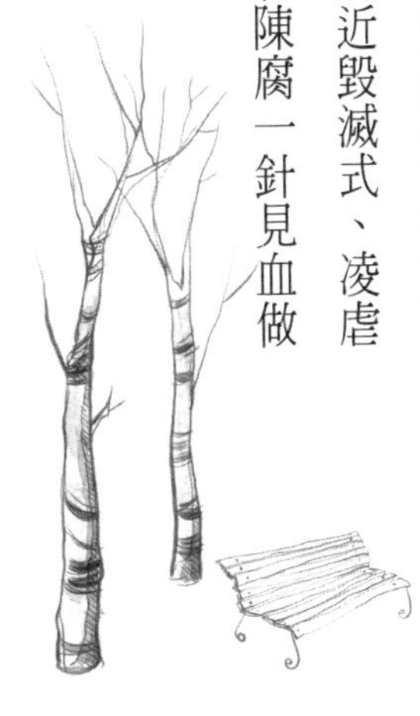

了深刻的剖析。

《人間失格》中我們看見了主角本身的痛苦與掙扎，全書瀰漫著濃厚的悲劇氣氛，從中窺探出主角放縱與自虐、疏離、溫柔、矛盾的個性，還有日本根深柢固的櫻花美學傳統，選擇在最絢爛的時候凋零。

藉由這一篇彷彿在訴說心事的表達，讓人充分感受到太宰治細膩、感性的個性，與平凡易懂的筆觸中，流露出溫馨與懷舊的情懷，還有那份深深的親切感。

《人間失格》整篇小說是由四部分組成：序曲、手札之一、手札之二、手札之三以及後記，讓讀者深入葉藏的內心世界。

主角大庭葉藏由病弱、頹廢無力感走向墮落，肆意放縱與自虐，在社會、人性中找不到原本的自我，於是對社會、世人感到疏離，無法理解人類的生活究竟是什麼。

因爲葉藏根本無法理解他人，他在意識到自己已「失去爲人的資格」的想法中，更衍生出他對世人的恐懼、畏怯與不安，於是不自覺地以哀愁的滑稽演員姿態出現（其實是在武裝自己），藉由引人發笑、一直盡力取悅他人，讓自己出醜的方式與他人接觸，避免遭到排斥。

文中不停地述說著對於世人的不解，不斷地懷疑世人，不斷地被世人所打擊，不斷地與世人疏離，人的種種連自己都不易察覺的罪惡，終於讓大庭葉藏進了精神病院以及想以死了之。

《人間失格》字裡行間透露著深沉的悲哀、灰暗的色彩，太宰治的文字既樸實、淺顯易懂、耐人尋味，他的作品也是充滿了冷酷、醜陋，而且總是深深地觸及人性幽暗的最底層，可說是淒涼無比的悲歌。

文中控訴身爲人最眞切的痛苦，不只是痛苦，連美麗的幸福在主人翁葉藏看來都是莫名的肩負；甚至，幸福是比苦痛更爲沉重的負擔。

「懦夫連幸福都害怕，碰到棉花也會受傷」，這又是日本作家所謂的「懦弱的美學」。

當葉藏自覺其內外世界失去平衡時，當既無能力認同，又無能力改變，加上對人的信賴感破滅時，即失去做人的資格，看似頹廢陰鬱，實則

有令人省思的空間。

它真正指出了人生最無可奈何的危機，如同陷入泥沼之地，難以掙脫，點出了世人的無奈與矛盾。

【譯者簡介】

李欣欣，彰化縣人，畢業於淡江大學日本研究所，曾譯過漫畫、文學作品、雜誌、機械類、語言用書、旅遊導覽等。

人間失格

盡是不愉快的感覺以及更加焦躁不安，不知不覺令人想把視線挪開了。至今為止，我到底未見過這麼不可思議的男子面孔。

幸福到底是什麼？自己從小時候開始常被人誇為幸運兒，但是自己本身卻充滿了地獄般的想法，爾後發覺老是認為我是幸運者的那些人，反而因什麼也沒有而比較安樂。

事至如此，很難再忍耐苟活下去，因此很爽快地答應那女人的提議。可是在當時，我還無法對「死亡」的實際感受有所覺悟，在內心的某處還潛藏著「玩玩」的感覺。

◆手札之三　105

不久後，我們就結婚了，為此所獲得的歡樂未必很大，但爾後所面臨的悲哀，就算用淒慘二字來形容也不足道盡，絕對超乎實際想像的悲慘。

◆後記　181

我們所認識的阿葉是非常正直、相當機靈，若是不喝酒的話，不，就算喝了酒，……他也是個像神一樣的好孩子。

小丑之花／187

葉藏遠遠的俯視大海。腳底下就是三十丈深的斷崖，江之島在正下方，小小的隱約可見。在濃濃的晨霧深處，海水上下起伏的波動著。

他已非昔日之他／263

候鳥實在是一種悲哀的鳥，因為旅行就是牠的生活，肩負著無法在同一處地方長久居留的宿命。我這隻年輕的候鳥一生都只是由東往西飛，又由西往東飛，在如此往返旅程中老去，實在可悲。

序曲

盡是不愉快的感覺以及更加焦躁不安，
不知不覺令人想把視線挪開了。
至今為止，
我到底未見過這麼不可思議的男子面孔。

我曾經見過三張那名男子的照片。

第一張應是那男子的孩提時期吧！或可推測爲十歲前後的照片。

這小孩被一群女生環繞著（可以想像這些女孩是這小孩的姊妹以及堂姊妹們），站在庭院池塘的旁邊，穿著縐巴巴的條紋褲子，頭向左邊微傾三十度左右，是張笑得很醜的照片。

醜？然而，鈍感的人們（也就是說那些對美醜等不關心的人們）或許會面無表情似地馬馬虎虎諂媚道：「好可愛的小少爺啊！」

但這聽起來並不像淨是空殼子般的恭維話，從某種意義上來說，俗氣般「可愛」的影子，在那小孩的笑容中並不是找不到的，可是，就算只是些微受過美醜訓練的人們，看一眼就會馬上露出頗爲不悅的表情，喃喃自語：「多麼令人討厭的小孩！」

可能會用拂去身上毛毛蟲的手勢，隨手把那張照片仍在一旁。

不知爲何，那個小孩的笑臉愈仔細看愈覺心生討厭之感。那根本不是張笑臉，這個孩子沒有絲毫的笑容，證據在於這孩子將雙手拳頭緊緊握住而站立著。人是不會邊緊握著拳頭邊笑的；那是猴子，是猴子的笑臉，只是醜陋的皺紋佈滿了整張臉。

這張照片令人想脫口說出：「滿臉皺巴巴的小孩」，總覺得他有著相當奇妙且骯髒、噁心的表情。截至目前爲止，我不曾見過像這樣有著令人不可思議表情的小孩。

第二張照片上的臉龐又是相當誇張且令人驚訝的轉變，是學生的樣子。無法很清楚地分辨出是高中或大學時代拍的照片，總之是個擁有相當驚人美貌的學生。不過，一點都感覺不出這張照片上的學生是個活著的人。

穿著學生制服，胸前的口袋中隱約可看到白色的手帕，坐在藤椅上雙腿交叉，依然是微笑著。這次的笑臉不像皺巴巴的猴子般的笑臉，而是相當巧妙地微笑，然而與一般人的笑容相比倒是有點差異。該說是氣色好呢？或是散發出對生命的抑鬱呢？全然感受不到諸如此類的充實感，正因如此，不像是鳥，倒像羽毛般輕盈，只是一張白紙上漾著笑臉。

換言之，從頭到尾感覺像玩具般。儘管是矯揉矜飾也不足夠，就算說輕浮也不夠，即使說沒男子氣概也不夠，縱然用愛漂亮來形容當然也不足夠。而且，仔細觀看，還是覺得這個英俊的學生依然令人覺得有一種怪談般的令人毛骨悚然。

至今爲止，我不曾再見過這般不可思議美貌的年輕人了。

另一張照片是最爲奇怪的。簡直已經無法了解到主角的年紀，頭髮似乎有幾分斑白。這張是在相當污穢房間（這張照片清楚地照出房間的牆壁上有三個地方脫落）的某個角落，兩手在火盆上烤火取暖，這回臉上並沒笑容，也毫無任何表情而言。可以說這是張坐在火盆旁伸出雙手來烤火，彷彿就會自然死去般令人可憎且瀰漫著不吉祥味道的相片。

奇怪的不僅如此。在這張照片中，臉龐顯得特別的大，因此我可以細細看出這張臉的整個構造，額頭長得平凡，額頭的上皺紋也很平凡，眉頭也極平凡，鼻子、嘴唇、下巴也相當平凡，啊！這張臉豈止是無表情，也令人無法留下深刻的印象。總歸一句話，就是沒有特徵。

例如，看了這張照片後閉上眼睛，我便立刻忘記這張臉的模樣，只能依稀記得房間裡的牆壁或小小的火盆，但是對這房間主人的印象猶如煙消雲散般怎麼也無法憶及。

這是張無法入畫的臉，也是無法成爲漫畫中人物的臉。張開眼睛一看，啊！原來是這副模樣的臉呀！沒有丁點的快樂可言。用極端說法來形容的話，即使張開眼睛再度看那張照片，也回想不起來。還有，盡是不愉快的感覺以及更加焦躁不安，不知不覺令人想把視線挪開了。

儘管所謂的「死相」，也應該是更有一些表情或令人留下些印象吧！倘若在人的身上硬黏上駑馬的頭套（亦即人身馬面），大概會有這樣感覺吧！總之，會讓看的人有股悚然而驚、湧起厭惡之情。至今爲止，我到底未見過這麼不可思議的男子面孔。

手札之一

幸福到底是什麼？
自己從小時候開始常被人誇為幸運兒，
但是自己本身卻充滿了地獄般的想法，
爾後發覺老是認為我是幸運者的那些人，
反而因什麼也沒有而比較安樂。

我一直生活在羞恥頗多的日子裡。

自己對於人們的生活總是摸不著頭緒。由於從小出生於東北的鄉下，因此一直到相當大才第一次見到火車。自己也是完全沒意識到上下火車站的天橋是爲了穿越鐵軌而架設的，而滿腦子盡想著火車站內的這樣設備猶如外國的遊戲場般，只是建蓋得很複雜且具有娛樂效果以及時髦而已。

並且，持續好長一段時間我都是這麼認爲。每當上、下天橋時，就感覺到自己在相當俏皮的遊戲中，那是鐵路局最機靈的服務之一。

爾後卻發現，那只不過是讓旅客跨越鐵路而具實用性的階梯罷了，突然感到相當索然無味。

又，幼年時代曾在畫冊上看過地下鐵，也一味地認爲這並不是因現實利益的需求而建造的，與搭乘地面上的火車相較，乘坐地鐵因風的起勁有力，是項有趣的遊戲。

自己在年幼時就常生病而需長時間臥床，躺在床上常將床單、枕頭套、被套等深深地幻想成無聊的裝飾，然而到了廿歲左右才知那都是相當實用的日常用品，對於人們的簡樸不禁悲從中來。

還有，自己渾然不知所謂的飢餓。不，那不意味著自己在衣食住行不缺的家庭下長大，而是自己完全不知道「空腹感」的感覺爲何。雖然是奇怪的說法，可就算是肚子餓了，也意會不到此。

在小學及國中時，每當從學校回來，周圍的人會讓我學會肚子餓了的感覺。每當放學回來肚子餓得很嚴重時，就會有人喊著納豆如何呢？也有雞蛋糕及麵包等等唷！此時，我就會發揮了天生諂媚的精神嘟囔著：肚子好餓。隨即把十粒左右的甜納豆放入口中，然而，對於空腹感是什麼樣的感覺，我一點也不了解。

當然，自己的食量相當的大，但是幾乎不記得曾因飢餓而吃東西。我會吃一般人觀念中的珍貴食物，會吃衆所認爲的豪華食物。另外，到別人家中作客時，他們端上來的食物，我也會吃到肚子撐不下爲止。然而，對孩提時的我來說，最痛苦的時刻其實就是在自己家裡的用餐時間。

在鄉下的家，家族成員全部有十人左右，飯菜被分成二列對排著，因爲是么子之故，當然是在最後一個位置。吃飯的房間很昏暗，用餐時十幾個家人各自默默地吃著飯，對於此種情景我彷彿冷得不停顫抖。

由於在此可嗅出古鄉下特有的氣質，飯菜的樣式也大都固定的，無法期待有珍奇、豪華的菜餚，因此自己漸漸地覺得用餐的時間相當的可怕。在微黑房間裡的末席上，我忍不住打了個寒顫，慢慢地把飯送到嘴邊，用很嚴肅的表情吃著，心想：人們爲何一天要照早、中、晚用三餐呢？

這似乎也是一種儀式，大家每日三餐在固定的時刻聚在昏暗的房間中，連飯菜也井然有序地排列著，甚至也曾有過即使不想吃，也要一面低垂著頭一面安靜地咀嚼著飯，也許這是爲了向在屋內徘徊的靈魂們祈福。

「倘若不吃飯就會死掉」這句話聽在耳裡，只是令人討厭又有嚇阻的成份在。但是，這迷信（至今連自己也不可認為是迷信）自始至終帶給自己不安及恐怖。

人因不吃東西而死亡，爲了此而工作，又不得不吃飯，對我而言，沒有一句話像這句話那樣晦澀難解，而且令我覺得有威嚇的味道。

換言之，自己至今似乎一點也不了解人類的生活。自身的幸福觀念和世間人們的幸福觀不一致，令人感到不安，自己也因這個不安而開始夜夜輾轉、呻吟、發狂難眠。

幸福到底是什麼？自己從小時候開始常被人誇爲幸運兒，但是自己本身卻充滿了地獄般的想法，爾後發覺老是認爲我是幸運者的那些人，反而因什麼也沒有而比較安樂。

我本身的災禍有十個，我甚至曾想過：即使是其中的一個，若發生在鄰居身上的話，它大概不會完全奪取鄰居的生命吧！

總之，我不懂。鄰居的痛苦性質與程度好像理不出頭緒。實際的痛苦，如果只是吃飯的話，就可以解決痛苦，不過正因此才是最強烈的痛苦，自己之前所提的十個災禍等，也許都化爲烏有淒慘不堪的阿鼻地獄，那是無法理解的。

但即使是如此，不自殺、也不發狂、大談政黨、不絕望、不屈服而繼續與生活抗戰，這不就不覺痛苦了嗎？徹底成爲利己主義，且確信那是當然的事時，那不就一次也不曾懷疑過自己了嗎？

若是如此的話，是快樂的，然而，世間的人們大家都是這種情況，不是因此而得滿分了嗎？我不能理解……夜晚熟睡，早上就覺爽快了嗎？做了什麼夢呢？一面走在路上，腦中一面思考著什麼？錢？怎可能？應該只有此事了吧？意識到曾聽說過人們因吃飯而活著這句話，但是爲了金錢而活這句話卻沒聽說過，不！不過，依不同情況的話……不！那也百思不解……自己愈想愈不能明白，只是湧上心頭的是自己好像完完全全改變了一樣的不安與惶恐。自己幾乎不跟鄰居說話，因爲不知該談什麼好！

於是，能夠想出的是扮演滑稽的丑角。

那是自己對人們最後的求愛。我對人間感到極度地恐怖，但似乎總不能因此對人死心。而且，我可以藉著丑角稍微與人聯繫起來。雖然表面是不斷的製造笑臉迎人，但應該說內心是拼死命的，正因此應說千鈞一髮中冷汗直流，冒最大努力的服務。

自己從小時候開始，對於自己的家人，他們是何等的痛苦，又思考著什麼事情而活著，心中完全找不出頭緒，只覺恐懼、無法忍耐這發窘的情況，而搞笑能力也駕輕就熟了。換言之，曾幾何時自己也變成一句眞話都不說的小孩。

小時與家人們合照時，其他人都一副很認眞的表情，唯獨自己一人一定是奇妙地歪著臉微笑著。這也是自己幼稚且可悲的一種滑稽方式。

另外，自己不管被父親兄長們數落何事時，也從不曾頂嘴。這種小小的責備都會令我像晴天霹靂般強烈感受著，猶如發狂一樣。不止是還嘴，這責備正是萬世一系的人類所謂的「眞理」，而由於自己毫無實行此眞理的能力，因此大概已經無法與人合群而居了吧？對於此事深信確信不疑。因此，自己連爭執、自我辯解的能力都沒有。若別人講壞話，我也確確實實覺得是非常嚴重的想法差異，而總是默默地承受攻擊，但內心卻感到快抓狂般的恐怖。

也許大概沒有人會因受到他人的責難、生氣等，還擁有非常好的心情，但是自己在生氣的人身上看到比獅子、鱷魚、龍還更可怕的動物本性。平時，都將這本性隱藏起來，可一旦有機會時，例如，宛如牛即使在草原上也沉穩地睡著覺，偶爾會突然用尾巴打死腹部上的牛虻，意想不到暴露出因生氣而產生的猙獰模樣，覺得像是一如往常因顫慄而使得頭髮豎立起來，愈是想到這本性亦是人活下去的資格之一時，自己幾乎感受到絕望。對於人我總是因恐懼而全身顫抖不已，且身爲人類的我對於自己的言行舉止毫無信心，然後會將自己的懊惱偷偷地藏在心中那個箱子裡，將那份憂鬱、神經質一股腦兒地隱藏起來，只顧僞裝天眞無邪的樂天性，逐漸成爲娛人性情古怪的人。

由於無所謂的性格，所以被人嘲笑也沒有關係。這樣，我即使處於人們所謂「生活」之外，他們也許不太會注意到吧？總之，自己愈來愈強烈地認爲不可以不順從他們的意，我是不存在的，是風、是空殼子。自己透過扮演丑角而娛樂家人，再者，甚至連令自己莫名懼怕的男女傭人，也是自己拼命搞笑服務的對象。

在夏天，我會在夏季和服內穿著紅色毛衣在走廊上走動，取悅家人。

連不苟言笑的大哥見此都忍不住噴笑，且用可愛得不得了的口氣說道：

「阿葉，那很不適合你耶！」

什麼！再怎麼說，自己並不像在盛夏中穿著毛衣般不知寒暑、性情古怪的人啊。我只是將姊姊的細腿毛線褲裹在兩手上，從夏季和服的袖口中露出來，外表看起來像是穿著毛衣的樣子。

我的父親是個在東京有很多事業的人，因此在上野的櫻木町擁有一棟別墅，每個月的大部分時間是在東京的那棟別墅裡度過。

就這樣，父親每一回故鄉時，就會爲家人們，甚至親戚們買很多禮物，嗯！這彷彿是父親的興趣。

有一回父親要回東京的前一晚，將孩子們全聚集在客廳中，面帶微笑一個個地詢問著：下回回來時要帶些什麼禮物呢？然後，根據孩子們的回答一一地記錄在記事本上。父親會和孩子們這麼親近眞是件難能可貴的事。

「葉藏呢？」

被父親這麼一問時，自己竟結結巴巴說不出話來來。

當被問及想要什麼時，突然就變得什麼都不想要了。此時我心中閃過：什麼都好，反正沒什麼東西可以讓自己快樂了。同時，別人贈與的東西，不管多不合自己的喜好，也都不能拒絕。

討厭的東西不敢說討厭；喜歡東西彷彿像提心吊膽、怯怯偷盜的心情一樣，也覺得痛苦難當，然後陷入無法言喻的恐怖感中。於是，自己甚至連二選一的能力都沒有。到了後來才漸漸地想起這是導致自己所謂「生活在羞恥頗多的日子裡」的怪僻之一的重大原因。

由於自己沉默不語、扭扭捏捏的態度，惹得父親有點不悅地說：「還是想要書？在淺草寺大門前的商店街有賣過年時的舞獅用的獅子，小孩戴著玩時，剛好大小適中，你不想要嗎？」

一旦當我聽到：「你不想要嗎？」這句話時，就知沒救了。連逗趣的話都迸不出來了。身爲一個滑稽演員，我是徹徹底底不及格了。

「若買書的話，可以嗎？」大哥認眞地說道。

「是這樣子啊？」父親露出失望的表情，並沒有記錄在記事本上，且

「啪嚓！」一聲地合上記事本。

眞是失敗極了，自己讓父親生氣，父親的復仇一定很可怕，此時此刻再怎麼設法也無法挽救了吧！

那晚，在被窩中想起此事時還嚇得顫抖不已，而後悄悄地起床走到客廳，打開父親之前收藏記事本的抽屜，取出記事本迅速地翻閱，找到寫著登記禮物的地方，用記事本上的鉛筆寫上舞獅二個字後，就回房睡覺。自己卻對那舞獅用的獅子不感任何興趣，反而覺得書比較好。然而，自己注意到父親想買那個獅子給我，單單爲了迎合父親之意，讓父親的心情快活起來，於是在深夜裡大膽冒險潛入客廳，現在回想起來還眞是件怪事。

之後，自己這個特別的方法，結果竟然如預期得到大成功。不久，父親從東京歸來，我在小孩的房間裡聽到他對母親大聲說道：

「我在淺草寺前的商店街的玩具店裡，打開記事本一看，上頭竟寫著舞獅二字。這並不是我的字。『咦？』我正感到疑問時，才突然想起這是葉藏的字。這個小鬼在我問他時，默默地笑不吭一聲，然後無論如何還是想要獅子呢！眞是個怪孩子，佯裝不知情偷偷地寫在記事本上。若是這麼想要的話，直接說不就得了，卻……我在玩具店前不禁地笑了起來，快叫葉藏過來。」

另外，我會把男女傭人集合到西式房間來，讓其中一個男傭人胡亂地彈鋼琴（雖然是在鄉下，可是在那個家裡幾乎什麼東西都很齊全），配合憑空捏造的曲子，跳著印度舞給大家看，逗得大家笑得人仰馬翻。二哥還會拿起閃光燈拍下我跳印度舞的模樣，當看到洗出來的照片時，從我的圍腰布（那是印花包袱巾）接縫處可以看到小雞雞，這也再度討取大家的歡欣。對自己而言，這或許也可說是個意外的成功。

由於我每月都看了十本以上的新刊少年雜誌，此外又讀了各式各樣從東京寄來的書，因此對於亂七八糟博士等等都相當熟悉。另外對鬼怪故事、說書、單口相聲、江戶笑話（黃色小笑話）等種類的書都有涉獵，所以對於滑稽的事也都能用認眞的表情娓娓道來，接二連三地扮演丑角，製造娛樂家人的場面。

然而，學校啊！嗚呼！

我在那裡開始受到人的尊敬。受人尊敬這個觀念也讓自己感到相當恐懼。幾乎完全欺騙了周遭的人，隨即卻被某個全知全能的人所識破我的一丁點伎倆，而當眾受到無比的奇恥大辱，這是自己對「受人尊敬」的狀態所做的定義。

就算欺騙世人而贏得「受尊敬」，也會有人看穿事實的眞相，其後，人們也會受到那個人的告知而覺察到自己受騙之事實，此時，人們的憤怒及報仇，究竟是什麼樣子呢？光是想像就覺全身起雞皮疙瘩。

比起出生於豪門，俗語所說「成績好」這件事更能讓我在學校受到尊敬。我打從小孩時就體弱多病，時常一個月或二個月，甚至還有幾乎整學年臥病在床而無法上學。但即使如此，每當大病初癒就坐上人力車到學校參加期末考試，結果似乎比班上的任何人考得都還要「優」。

即使自己身體狀況好的時候，也不曾好好地用功唸書，就算到了學校，也是利用上課時間畫漫畫等，然後利用休息時間將自己畫的漫畫解釋給同學聽，而引起同學們哄堂大笑。

再者，在寫作文時，也都是盡寫些滑稽可笑的故事，然而就算是被老師發現也不會放棄。實際上，那是因爲我得知老師會私下品味我筆下的這些引人發笑故事。

某日，自己按照慣例，故意用悲慘的筆法描寫出跟著母親搭車到東京時，在車廂通道的痰盆裡小便的糗事（不過，我當時並不是不知道那是痰盆，而是特意表現出小孩子的天真無邪才如此做），然後交出去，我非常有自信老師看了一定笑得合不攏嘴，因此偷偷地尾隨回辦公室的老師一探究竟。老師一走出教室旋即從同學的作文中抽出我的文章，在走廊上邊走邊看，並噗嗤地偷笑著，不久進入辦公室後不知是否看完之故，滿臉漲得通紅且開懷大笑，甚至還拿給其他的老師們看，對於此舉自己感到相當的滿足。

眞是個活寶！

自己成功地被公認是個愛耍寶、逗笑的人，也成功地擺脫受人尊敬。

連絡簿上全部科目都是滿分十分，唯有操行一科不是七分就是六分，這也是引起家人捧腹大笑的笑柄。

然而，自己的本性正與這種愛搞笑等的個性完完全全相反。當時，自己已經從男女傭人學習到悲哀的事，以及被侵犯的行爲。我至今都深覺對年幼的人做出那種事，是人們所犯下的罪行中最醜陋、最下等、最殘酷的過錯。不過，我卻忍了下來。因此，甚至覺得自己看到人的特質時進而無力地傻笑。

假使我養成說實話的習慣，或許也可以毫不膽怯地將他們犯罪的行爲告訴父母親，可是我連那樣的父母親都無法理解了，自己一點也無法期待控告他人的這種手段。縱使向父親、母親、警察、政府訴諸事實，其結局不也只是這世間上等階層、生活平順的人發發牢騷罷了嗎？

我絕對相信不公平，對人們提出控告終究是白費力氣的。自己依舊保持沉默、忍著一句眞話都不說，除了繼續扮演丑角外別無他法的心情了。

或許有人這麼嘲諷著：「什麼！你說你對人們不信任？耶？你何時成

爲基督徒呢？」

然而，我自己認爲對人們的不信任，未必與宗教有直接關係。現在人們在互相不信任中，也含括那些嘲笑的人，腦海中連耶和華或什麼之類的念頭也沒有，一副無意義地活著。

依舊是自己幼小時所發生的事，父親所屬的政黨中的某位名人來到鎮上演講，家中的男傭人帶我一起去劇場聽演講。當時全場爆滿，且看到在這鎮上，特別是和父親很親近的人，用力地鼓掌叫好。

演講結束後，聽衆三五成群地走在積雪的回家途中，不分青紅皀白地聊著今晚演講的壞話，其中還夾雜著那些與父親交情好的朋友的聲音。那些所謂父親的「同志們」，用近乎生氣般的口氣說著父親的開場白有多爛，以及完全聽不懂那名人的演說。

接著，這些人順道拜訪我家，在客廳裡又是用一副由衷興奮的表情告訴父親今晚的演講是多麼的成功。

連男僕人們被母親問及今晚的演講如何時，竟若無其事地說非常有趣。不過，方才在回家的路上，男僕人們才剛互相感嘆著今晚的演講眞是無聊至極。

但是，這只不過是冰山一角的一個小例子。我想互相欺騙且彼此又不可思議似地毫髮不傷，甚至雙方彷彿都沒發現互相欺騙般，實際上這種巧妙、清明爽朗、舒暢痛快的不信任的例子，在人們的生活中比比皆是。不過自己對於相互欺騙之事並不特別感興趣。我則是藉由娛樂別人，從早到晚欺騙人們。且對於倫理道德等教科書上所謂的正義之類等等的道德也不怎麼關心。

對我來說，那些用清明爽朗、舒暢痛快地活在世上，或擁有能活下去的自信等諸如此類的人，實在是令我無法理解。

人們是不會告訴我眞諦的，若連這道理都懂的話，則不用如此地恐懼人們且拼命地迎合人們了吧！也不用與人們的生活相對立，夜夜飽嘗地獄般的痛苦了吧！

換言之，我甚至認爲並沒有將男女傭人們因憎恨所犯下的罪行告訴任何人，並不是因爲對人們的不信任，當然也不是因爲是基督主義者，而是因爲人們對於叫葉藏的我能牢牢地守住信用的殼而堅信不已。

對我而言，也常發現父母親是非常難以理解。

加上，我也覺察到那份無法訴諸他人的孤獨氣息被很多女性本能般地試探出，這成爲後來自己種種被利用的誘因之一。

總之，對女性來說，我是個能夠守住戀愛秘密的男人。

手札之一

事至如此，很難再忍耐苟活下去，
因此很爽快地答應那女人的提議。
可是在當時，我還無法對「死亡」的
實際感受有所覺悟，
在內心的某處還潛藏著「玩玩」的感覺。

在海邊的近海岸處，並排著約有二十幾棵樹皮黝黑且相當壯碩的山櫻，新學年才一開始，山櫻就和濃艷褐色的嫩葉，以及蔚藍的海爲背景，開出絢爛的花朵。

不久後，到了落花繽紛的季節，花瓣隨風飄落散在海上，像是鑲嵌在海面上飄流，乘著海浪再度拍打到岸邊上來。

自己連升學考試都沒好好準備，卻總算能順利進入位於東北且以那片櫻花海濱沙灘爲校園的某所中學就讀。於是，此中學的校帽上的徽章與制服上的鈕釦都是以綻放的櫻花爲圖案。

由於有一位遠親就住在這中學的附近，因此父親就以此爲由，幫我選了那所有海及櫻花的中學就讀。

於是我就寄宿在那個家庭，由於就在學校附近，所以我都會在聽到朝會鐘聲響起後，才跑步到學校，我是個相當怠惰的中學生。即使如此，我還是藉著耍寶搞笑的伎倆，漸漸地受到班上同學的歡迎。

這可說是我出生後第一次離家背井，但我卻認爲比起自己出生的故鄉，這個異鄉卻是個較輕鬆自在的地方。理由應該可以解釋爲自己扮演丑角的功夫，在那個時刻已漸漸地熟能生巧，雖然欺騙他人，但也沒必要像以前那麼辛苦了。

不過，比起此來，即使是任何的天才或是神之子耶穌而言，也不該有親疏之分，以及故鄉與他鄉之間的演技難易度之差別存在的吧？對演員來說，最難演的場合是故鄉的劇場，而且在六親眷屬齊聚一堂的房間中，就算是名演員，豈止是演技好就了得的呢？但是，自己卻能得心應手，而且又是相當地成功，這樣老奸巨猾的人儘管來到異鄉，演技也是萬無一失。

自己對於人們的恐懼感在心中強烈的蠕動著，比起以前可說是有過之而無不及，相反的，演技卻是如魚得水般輕鬆自在，在教室裡，總是逗得同學們的笑聲絡繹不絕，連老師也邊感嘆說：「這個班級要是沒有大庭的話，應是個好班級」，又邊用手遮住嘴巴哈哈大笑。自己也讓那聲大如雷的教官忍不住地笑了出來。

我已經能將自己的本性完全隱藏而且不著痕跡了吧！正當開始鬆了一口氣的同時，卻冷不防地從背後被刺了一刀。

從背後刺我的那人不外乎在班上最瘦弱、常鼻青臉腫，且穿著好像是兄長的舊衣服，兩個袖子像是聖德太子的袖子一樣長，普通的科目樣樣都不行，連軍訓或體操也總是宛如見習生一樣白癡似的學生，而我也不認爲有必要提防這種學生。

某日，上體操課時，這位竹一同學（現在想不起他的姓，只記得他的名字叫竹一吧），像往常一樣站在旁邊看著老師讓我們練習吊單槓。

我故意盡可能用嚴肅的表情，瞄準單槓，大叫「耶！」一聲跳了起來，就這樣像跳遠似地往前方跳去，噗咚一聲地在沙地跌個屁股著地，這個失誤完完全全是在我的掌握中。

結果，同學們個個笑得人仰馬翻，自己也一面苦笑，一面站起來拍掉褲子上的沙子，不知何時，竹一來到我身邊，從背後輕輕碰我一下並且低聲地說道：「你是故意的！故意的喲！」

我非常地爲之震驚。故意失敗一事，被別人發現倒無所謂，卻完全沒料到被竹一看穿了。在刹那間，頓時感覺到眼前的一切猶如被地獄的業火團團包圍住且猛烈地燃燒似的，我使勁地壓抑住快要「哇啊！」大聲地狂叫，以及抓狂的神情。

從那之後的每一天，自己充滿了不安與恐懼。

表面依然表演著悲情的鬧劇讓人發笑，然而突然又不自覺抑鬱地嘆了口氣，不管做什麼都會被竹一識破，不久後，他肯定會跑去跟大家拆穿我的伎倆，一想到此，額頭上立即湧出汗涔涔的汗珠，像瘋子般怪異的眼神慌慌張張東張西望環顧四周。

爲了擔心竹一洩露秘密，如果可行的話，我眞想早、午、晚一整天不離開竹一的身邊監視著他。而且，煞費苦心努力地想讓他認爲自己的耍寶並非所謂的「故意」，而確實是眞的。若是順利的話，眞想和他成爲無可取代的摯友，甚至想到這些若都不可行的話，唯有祈禱他快快死了，除此之外實在別無他法了。

不過，當時我並沒興起要殺了他的念頭。截至目前的人生中，雖然有好幾次想要被人殺害的想法，但是卻從未有過要殺人的念頭。那是因爲對於我所害怕的對象，我反而只會覺得要給予他們幸福。

爲了拉攏他，首先像個僞基督徒一樣，臉上綻放出「親切的」諂媚笑容，頭向左微傾三十度左右，輕輕地抱住他瘦小的肩膀，然後用肉麻撒嬌的聲音邀請他來我所寄住的家中玩，然而，他眼神呆滯且總是沉默不語。

記得那是初夏的事，有一次放學時，突然下起滂沱的雷陣雨，同學們正爲如何回家而感到困擾不已，由於自己的家就住在學校旁邊，正想要不在乎地往外衝向大雨中飛奔回家時，突然在木屐鞋櫃的後面看到竹一同學一副垂頭喪氣地站在那兒。

我說：「走吧！我借你傘。」於是，拉著畏縮膽怯的竹一，一起在雷陣雨中奔跑回家，一回到家，請嬸嬸先把我和竹一的上衣烘乾，這回成功地邀請竹一到自己二樓的房間來。

在那個家中，有五十多歲的嬸嬸及三十多歲戴著眼鏡、有病在身且長得很高的姊姊（這個姊姊本來嫁出去了，之後又回到娘家來。自己也跟著家人的成員叫她姊姊），還有一個最近才剛從女校畢業，名叫小節，她不像姊姊，是個較矮小且臉圓圓的妹妹。

這家庭只有三人，樓下的店是在賣文具用品及運動器材，但是主要的收入來源好像是來自死去的主人所建造而遺留下來的五、六棟大雜院所租給別人而收取的房租。

「耳朵好痛喔！」竹一站著說：「是因被雨一淋就變痛的唷！」

我走近一看，兩個耳朵都嚴重地流著膿，就連現在膿還是不斷地流出耳朵外來。

「這樣不行，會很痛吧？」自己相當地吃驚且誇大地說道：「硬拉著你淋雨，眞是對不起。」

我用像女生用語一樣的遣詞用字且「溫柔地」道歉後，走到樓下去拿棉花及酒精來，將我膝蓋當枕頭讓竹一睡在上面，仔細地幫他清理耳朵。

就連竹一也絲毫察覺不出這是僞善的詭計。

「女生一定很容易迷戀上你。」

竹一同學一面睡在自己的膝蓋上，一面無知地說著恭維之類的話。

不過，這是多年以後自己才領悟到：這恐怕連竹一也想像不到可怕惡魔的預言。什麼迷戀、被迷戀之類的詞彙是相當下流、開玩笑的，總覺得有點洋洋自得的感覺，儘管再怎麼所謂「嚴肅」的場合中，一旦這類的言詞突然溢於言表時，就像眼睜睜看著憂鬱的寺院崩壞，被夷爲平地般的心情。然而若是捨棄「被迷戀的痛苦」等等的俗語，而是換成使用「被愛的不安」這文學用語時，未必就能將憂鬱的寺院夷爲平地了，因此這眞是奇妙的事啊！我當時是這麼認爲。

我一面幫竹一清理耳朵的膿水，一面聽說他訴說著：「你會很受女生迷戀」之類愚笨的奉承話，此時自己只是面紅耳赤地笑著，什麼也回答不出來，但是事實上也隱約地認同他的說法。

不過，若是描述著我對於因「被迷戀」這種下流的話而產生洋洋得意的氣氛也有著認同的意味時，這就幾乎不像單口相聲中年輕丈夫的台詞，而是表現出可怕般的感慨。怎麼可能？自己會有那樣的玩笑以及洋洋得意的心情並不是「認同」。

對自己來說，女生要比男生難懂好幾倍。

在我的家族中，女生比男生還多，親戚中也很多都是女孩子，還有先前所說的「犯罪」的女傭人等等，自己從小時候開始，就算說是在女人堆中長大也不爲過。

然而，事實上與每個女生相處卻是如履薄冰，對她們總是百依百順，幾乎猜不透她們的心思，偶爾像在五里霧中冒極大危險終致失敗，以致心中傷痕累累，這又與受到男人的鞭打不同，像是內出血般極度不快感凝聚心底且難以治癒的傷。

女人即使挪近身旁，我會不理不睬，或者女人總在有人的地方會表現出藐視及刻薄自己，若是在沒有人在時，又緊緊地抱住你，女人會像死去般熟睡，不就像是爲了睡眠而活著的嗎？

除此之外，對女人的各種觀察，在我小的時候就已經獲得一些心得，同樣身爲人，卻又和男人迴異的感覺便油然而生。而且，對於不可解又不能粗心大意的女人卻是奇妙般地照料著我，因此「被迷戀」或是「被喜歡」這類的字眼，對於我本身而言實是一點都不適合，若用「被照顧」等等的詞句，或許還算比較適合說明實際的狀況。

與男人比起來，女人似乎更能沉浸在滑稽逗笑的情境中。每當自己扮演丑角時，並不是每一次都能讓男人們咯咯地笑，再加上自己心裡很清楚若太盡興且俏皮得太過火時，也許終將導致失敗。因此一定會多加留意在適當的場合中適可而止的道理。

反之，女人從不知適度這一眞理，總是總是不斷地要求我表演鬧劇，自己也爲了因應那永無止境的安可而疲憊不堪。事實上，她們時常開懷大笑，終究女人還是比男人分外容易享受快樂。

自己在中學時期受到照顧的那個家中的姊妹們，只要一有空，就會來到我二樓的房間，而我每次都會因此擧而驚嚇得差點跳了起來，且一味地感到害怕。

「你在用功嗎？」

「沒有。」我微笑地合上書本。「今天在學校有位兩光的地理老師。」一開口說話，不經意所流露出的字句都是無心的笑話。

「阿葉，你戴這眼鏡看看。」

某晚，妹妹小節與姊姊一起來到我房間裡玩，讓我狼狽地表演耍寶後，說出這樣的話來。

「爲什麼？」

「不要問那麼多，反正你戴一下嘛。姊姊，借一下妳的眼鏡。」

她老是用粗魯的命令語氣說話。

扮演丑角的我乖乖地戴上姊姊的眼鏡。剛一戴上，這兩個姊妹立即倒在地上捧腹大笑：「眞像！好像洛依德！」

當時，外國的喜劇演員哈洛．洛依德（Harold Lloyd）在日本相當受歡迎。我就站起來舉起一隻手說道：

「各位！」

「這次，我為日本的影迷們……」

我試著即席問候大家，更讓她們笑得合不攏嘴。之後，每當鎮上播放洛依德的電影，我一定前去觀看，並且暗中偷偷地研究他的表情等。

另外，某個秋夜，我正躺在床上看書，姊姊像鳥兒一樣迅雷不及掩耳般地進到我的房裡來，突然倒在我的棉被上哭泣：「阿葉，你要幫助我！對了！還是我們一起離開這個家比較好呢？救救我吧！」

她嘴裡順口說出非常激動的事，又再度哭了起來。

可是對我而言，我並不是從女人身上第一次遇到這種態度。對於姊姊的這種過度激烈的言詞，我並不覺驚訝，反而因其中的陳腐老套、乏味可陳而深感無味，我輕輕地從被窩爬了起來，剝起放在桌子上的柿子，拿了一塊給姊姊。

於是，姊姊邊抽咽邊吃著柿子說道：「有沒有有趣的書？借我一本。」

我從書架上挑了一本夏目漱石的《我是貓》借給她。

「謝謝你的招待。」

姊姊醜腆地笑著走出房間，不只是姊姊，女人究竟是以什麼樣的心情而活的呢？對自己而言，思考這答案比起摸索過去的回憶還來得繁雜、厭煩且令人感到噁心害怕。

只是，我從小就根據自己的經驗體會到，當女生突然嚎啕大哭時，只要一給予些許的甜點，她們吃了後立即就能解悶，心情馬上就快活起來。

其次，妹妹小節還會連朋友都帶到我房裡來，而我也依往例公平待之，博取她們的笑聲。當朋友都回去後，小節一定會說那些朋友的壞話，她肯定會說那個人是不良少女，因此你要多加小心注意。

既然如此，那就沒必要特意帶朋友到家裡來玩，但託她們的福，來我房間的幾乎全都是女生。

然而，這種情形並不算是實現了竹一所說恭維話中的「被迷戀」一事。換言之，自己只不過是日本東北地方的哈洛．洛依德罷了。竹一無知的奉承話成爲令人作嘔的預言，甚至還生動地存在著且呈現出不吉利的面貌，是在經過數年以後的事。

竹一也送了自己另一樣很大的禮物。

「是妖怪的畫耶！」

不知何時，竹一到我二樓房間來玩時，帶來了一幅原色版的扉頁（首頁）插畫，非常得意地拿給我看，並且對我如此地說明著。

哎呀？當我如此想時，那瞬間，自己淪落的道路彷彿被決定似的，到了多年後我才不由自主地那樣認爲。自己是知道的，了解到那只不過是一張普通的梵谷自畫像罷了。在我少年時期，法國所謂印象派的畫在日本大大地流行，西畫鑑賞的第一步大抵從這些地方開始，梵谷、高更、塞尙、雷諾瓦等人的畫作，即使是鄉下的中學生，大概看到照片版也都可以辨認出來。記得自己也欣賞過很多梵谷的原色版畫作，對於有趣的筆觸、色彩的鮮艷感到興趣，不過，所謂妖怪的畫，我卻一次也不曾思考過。

「那麼，這樣是怎麼了？還是妖怪嗎？」

我從書架上取出莫迪里亞尼的畫冊，讓竹一欣賞一幅曬成赤銅色般肌膚的裸婦畫作。

「眞是了不起！」竹一雙眼睛瞪得大大圓圓地感嘆道。「眞像地獄的馬兒。」

「還是妖怪嗎？」

「我也想畫畫這樣的妖怪。」

太過畏怕人類的人反而更期待想親眼確實看到可怕的妖怪，或是神經質且對事物易感到害怕的人則會祈禱比暴風雨更強的事物，諸如此種心理，啊！這一群畫家們被人類這種妖怪傷害、恐嚇威脅的結果，進而相信這種幻影，在大白天大自然中，妖怪歷歷在目呈現眼前，且他們並未用滑稽逗笑等來矇騙，而是努力表現出所看到的模樣，如竹一所言，勇敢地畫出「妖怪的畫」，在此有個將來的同伴，因此自己則興奮得熱淚盈眶。

「我也要畫唷，畫妖怪畫唷，地獄的馬也要畫唷。」

不知爲何我用極低沉且快消失的聲音對著竹一說道。

我從小學開始就喜歡畫畫，也喜歡欣賞畫作。但是，自己的畫並沒有像作文一樣受到周圍的好評。由於一向都不相信人們的話，因此作文等，對自己來說，只是類似逗大家發笑的問候語，從小學到中學，只爲贏得老師們的狂喜而寫的。然而，自己卻一點也不感興趣，唯獨繪畫（漫畫等則又另當別論），年幼時在畫畫的表現上自成一派，煞費很大的苦心。

學校的圖畫畫帖眞是無聊至極，加上老師的畫又非常拙劣，自己不得不試著下很大的功夫親自憑空杜撰各式各樣的畫法。

進入中學就讀後，我擁有一套油畫道具，可是再怎麼努力追求臨摹印象派畫風的筆觸，自己所畫出來的畫簡直像折紙工藝品般一樣平板，根本成不了大器。然而，因竹一的一句話而意識到在這之前自己對繪畫的心態完全錯了，想要努力地將美的事物原原本本地表現出來，是件天眞又相當愚笨的事。

名畫家們藉由主觀將不起眼的事物用美麗的筆法來創作，或者雖說是醜得令人作嘔的事物，但毫不隱藏自己對於此的興趣，全然陶醉在表現的喜悅中。總之，他們似乎絲毫不受人們思想的影響，這是竹一傳授給我的秘傳兵法，我開始隱瞞上述來我房間遊玩的女客人們，一點一點試著開始著手製作自畫像。

我完成了連自己都爲之震住的悲慘畫作，然而，這才是我一直隱藏在內心深處的眞面目。表面上裝出如陽光般的笑容，又是一味地博取大家的歡欣，事實上，我一直擁有這種陰鬱的心，在內心深處暗自地肯定著：這也是沒辦法的事。

不過，這幅畫除了竹一外，不讓任何人看。

由於我極爲討厭自己滑稽搞笑的背後隱藏著陰暗的個性被人看穿，進而倏地轉而對我加以防備，以及我也擔心掛念著或許別人根本沒發現自己的眞面目，還將之視爲新花樣的笑話，而成爲大家快樂的活寶，這都是最令我苦不堪言的事，因此這幅畫馬上被我藏入壁櫥的最深處。

另外，在學校上繪畫課時，自己也隱瞞著那個「妖怪式的手法」，用唯美且平凡的畫法畫如往常一樣的美麗事物。

我只有在竹一面前才會不在乎地表現出自己容易受傷的神經，而且也能安心地讓竹一看最近的自畫像，竹一大大地誇獎我一番，且我繼續畫二、三張的妖怪畫，再度得到竹一的另一個預言。

「你會成爲偉大的畫家。」

經由愚笨的竹一說出被迷戀的預言及成爲偉大畫家的預言，這二個預言深深地烙印在我腦海中，不久，我到了東京。

儘管我想進入美術學校就讀，不過，父親從以前就開始打算讓我唸高中，然後當官。當自己被做這樣的宣告時，一句話也回答不出來，只是茫然地聽從父親的建議。

四年級時就去考考看吧！被父親這麼一說，又自己也厭倦了有櫻花及海的中學，因此，還沒升上五年級，即是四年級一修完就考上東京高等學校的考試，旋即開始過起住宿的日子。

不過，由於我畏怯學校宿舍的骯髒與粗暴，很正經地請醫生開一張肺浸潤（肺病）的診斷書，於是搬出宿舍，住進父親位於上野櫻木町的別墅，自己終究無法適應團體般的宿舍生活。

再者，對於聽到青春的感激或是年輕人的驕傲等等字眼，都會不寒而慄，特別是那所高中的精神，我實在無法苟同。連教室、宿舍都令我覺得彷彿處於被扭曲的性慾一樣的垃圾堆裡，自己接近完美地步的搞笑逗趣功夫，在那種地方全發揮不起作用。

父親在議會休會的日子，一個月中只有一到二週會住在這個家，因此在父親不在的時候，在相當廣大的房子裡，只有看守別墅的老夫婦及我共三個人，我經常請假不上課，雖說如此也沒心情去參觀東京的景點等（自己好像連明治神宮、楠正成的銅像、泉岳寺的四十七士之墓也沒去參觀，就結束了在東京的生活），一整天在家裡不是讀書就是畫畫。

父親一到東京來時，我每天早上就會匆匆忙忙上學去，事實上卻是跑去安田新太郎氏的繪畫補習班（畫塾），有時在那待上三小時、四小時練習素描。

從脫離了學校宿舍生活後，即使是在學校上課，自己宛如像旁聽生似地被安排在特別的位置，也許那是自己的偏見，然而對於自己本身佯作不知的心情去上學之事，越發地感到麻煩了。

在小學、中學、高等學校的日子裡，始終無法理解所謂的愛校心就結束了學校生活。校歌這東西，自己一次也不曾想要記在腦海中。

我在畫塾裡，從某個習畫的學生身上學到酒、煙、妓女、當鋪及左翼思想。雖是不可思議的組合，但這卻是事實。

那名習畫學生叫做堀木正雄，出生於東京下町（靠海的商業區），比自己年長六歲，聽說是私立美術學校畢業，由於家中沒有畫室，因此到畫塾裡來繼續學習西洋畫。

「請借我五圓！」

彼此只是見過面，迄今不曾說過一句話。我慌張地拿出五圓給他。

「好！一起去喝一杯吧！我請客，算你運氣好。」

我無法拒絕，就被強拉去畫塾附近的蓬萊町咖啡店，這是我和他做朋友的開始。

「之前我就看過你。嗯！你羞怯忸怩的笑容，這是有前途的藝術家特有的表情。爲我們的相識乾杯吧！阿絹！這小子是個美男子吧？不可以迷戀他唷。託這小子來畫塾的福，相當遺憾，我變成第二美男子。」

堀木是個膚色淺黑，長相端正，在習畫的學生中所罕見穿著西裝且領帶的花色也很樸素，還有頭髮正中分抹上髮油。

由於那是自己不熟悉的場所，故因害怕而時而將二手交叉置在胸前，時而鬆開放下，正因如此，臉上只是堆滿靦腆的笑容。在喝下二、三杯啤酒後，不可思議地感覺到被解放的輕飄飄感。

「我，原本想讀美術學校，但……」

「不要，那很乏味。那種地方相當無聊，學校也也無趣，我們的老師就在大自然中啊！對自然的擁抱！」

可是，自己對於他所說的話完全感受不到敬意。是個愚笨的人，肯定畫畫也很不行，不過，在玩方面或許是個好伙伴！我當時是這麼認爲。

總歸一句話，當時是自己有生以來見到眞正的都會流氓。那是與自己有著不同模樣的人，就算如此，若光從完全脫離人世間的生活而感到不知所措的這點看來，確實是同類。

另外，他在毫無意識下逗大家開心，且完全沒留意到這搞笑的悲慘，在本質上卻是和我截然不同。

只是一起玩，只是做爲玩伴而往來，因此我輕視他，有時會甚至想到與他爲友是件羞恥的事，但是和他往來時，自己終究被這男人打敗了。

不過，在剛開始時，我一味地深信這個男的是好人、罕見的好人，連對懼怕人類的我都能卸下心防，心想自己眞是結交到一個遊東京的好導遊。其實，我一個人搭電車時，會覺車掌很可怕；即使想去歌舞劇院，正門口玄關鋪著大紅色地毯的樓梯，排站在兩旁的招待小姐們也令我覺得恐懼；一進入餐廳吃飯，也覺得悄悄地站在自己背後，等待吃完空盤的盛飯小弟相當的恐怖，特別是買單時，啊！自己的手勢眞是笨拙。

在買東西算錢時，並不是因爲自己吝嗇，而是過於緊張、過於害羞、不安與恐懼，使自己頭昏眼花，眼前一片黑暗，幾乎到了狂亂的心情，別說是殺價，就連找的零錢也忘了拿，甚至常常忘了提回買好的物品。

這都是我一個人實在無法在東京街頭閒逛，在黔驢技窮無計可施的情況下只能一整天待在家中閒著無事的內幕。

若是和堀木同行時，我通常將錢包交給他保管，堀木會大大地殺價，而且不知是否因爲是玩樂高手之故，總是能用最少的錢發揮最大的效果，還有他對價錢很高的出租汽車敬而遠之，只會分別搭乘電車、公車以及砰砰的蒸氣船等，用最短的時間就能到達目的地的手腕，的確讓我大開眼界。

一大早從妓女院回家的路上，他會順道繞去某某日本料理店泡個晨澡，然後用湯豆腐配著清酒，這樣不但既便宜又能享受奢侈般的氣氛，他一一地爲我做實地教育。

除此之外，還告訴我路邊攤的牛肉飯及烤雞肉等又便宜又富營養，還教我快速地解除宿醉的方法。

總之，他讓我對於付錢一事不再感到畏怯及不安。

還有，與堀木來往中得到的另一項助益是，堀木完全無視於聽者的存在，而一味地散發所謂的熱情（也許所謂的熱情是指漠視對方的立場），整天不斷地說著枯燥乏味的話題，二個人走累了也不用擔心陷入不融洽的沉默無語中。

當自己與人接觸時，總是對那種可怕的無言對望保持高度的警戒，原本就不多話的我，在這緊要關頭時拼命地當個小丑搞笑，而眼前這個愚蠢的堀木毫無意識地自行扮演著說笑的角色，因此我不用認眞地給予回應，只是一味地充耳不聞，有時只要笑而回答：「怎可能？」就行了。

酒、煙、妓女，這些都是即使是短暫的時間，也可以用來排遣、掩飾自己對人類的恐懼心理的最佳方法，不久後自己也了解到這緣由。爲了追求這些方法，我甚至抱著就算變賣自己的所有物品也不後悔的心情。

對我來說，妓女既不是人，也不是女人，看起來像是白癡或瘋子般，在她們的懷裡，自己反而可以完全安心地熟睡進入夢鄉。然而，實際上相當悲哀的是，一點慾念也沒有。

另外，不知是否覺得那些妓女們說自己是同類的那份親切感，她們老是不拘束、自然地對我表示出好感，從不會打我任何如意算盤的好感、不帶任何壓迫的好感、對於可能就此過著兩不相欠的好感，某個夜晚裡，曾在那些像白癡或瘋子般的妓女們身上，看到眞正聖母瑪麗亞的光芒。

可是，自己爲了從對人類的恐怖中逃脫，小小地追求一夜的休息而去找她們，正因如此和與自己「同類」的妓女們玩鬧時，不知曾幾何時，自己的身邊總是飄著某種不祥的氣氛，這是連我也完全預料不到的所謂「隨附贈品」。

漸漸地，那個「贈品」鮮明地浮上表面來，當被堀木一語道出，當時猶如當頭棒喝一樣愕然不已，爾後覺得相當厭惡。

從旁看來，用俗話來形容的話，自己是藉由妓女來進行對女人的修行，而且最近有明顯的進步。而聽說經由妓女進行對女人的修行是最嚴格的，也正因如此其效果相當的顯著，自己已經沾染了「女俠」的氣息，女性們（不限於妓女）會依本能嗅出此而依偎到我身邊來。

當諸如此類卑猥、不名譽的氣氛被公認爲「隨附贈品」加諸在我身上時，這似乎比起自己一夜的休養等等還來得引人側目。

堀木大概是半帶奉承的語氣說出這種話，不過自己卻感到無比的抑鬱，例如，我記得曾從咖啡店的女孩中收到幼稚不成熟的信；又，位於櫻木町家的鄰居將軍家的廿歲左右的女孩明明沒什麼事，每天卻會在我上學的時刻，化著淡妝進進出出她家的大門。

還有去吃牛肉飯時，即使自己不說話，那邊的女服務生也會……另外，在我經常去光顧的香煙店的女孩也常在遞給我的香煙盒中……以及去看歌舞伎時，也被坐在鄰座的女生……再者，在深夜的市營電車上，我因喝醉酒而睡著時……

還有，出乎意料之外收到來自故鄉女孩鑽牛角尖的信……再加上不知是哪個女孩在我不在家時送來親自縫做的娃娃……等等。

由於自己極爲消極，因此這些事都僅止於片斷，並沒有再進一步的發展，然而，讓某種女孩子做做夢的氣氛，卻在我身體的某處糾纏著，那不是我隨便大談闊論、津津樂道時所開的玩笑，而是無可否定的事實。

自己被堀木之流的人一語道破時所感受到無比的屈辱，此時，連找妓女玩玩都覺索然無味，提不起勁了。

堀木也是個愛慕虛榮且又追求新潮的傢伙（堀木的情況，我再也想不出除此外還有什麼理由了）。某日，他帶我去參加所謂共產主義的讀書會（稱為R．S等等之類，我已經不太記得了）亦即秘密研究會。對堀木等人而言，共產主義的秘密研究會或許也是「東京導覽」之一。其中所謂的「同志」介紹我買了一本手冊，且由一個坐在上座長得其貌不揚的青年教授我馬克思主義。不過，對自己來說，似乎對那內容已經理解得相當透徹。

雖然其中的道理是沒錯，但是人心中卻存在著令人難以理解及可怕的東西。說是慾望也不足夠，說是虛榮也不足夠，就算將色慾並列而談等等也是不足夠的，總覺得連自己也不懂，人世間的底層並不僅是經濟，覺得存在著猶如是奇異的怪談，害怕畏懼那份怪談的自己雖然能像水往低處流一樣自然地肯定所謂的唯物論，但我也無法藉由此從對人間的恐怖感中解放出來，也無法每一張開眼睛面對嫩葉新綠時而感到希望的喜悅。

然而，我一次也沒缺席過R・S（覺得彷彿是如此稱呼，或許自己弄錯了），「同志」們將此看得過於重大事件，用嚴肅的神情埋首於如一加一等於二之類相當初等的算術理論的研究中，對於此景此情我倒覺得滑稽可笑得不得了，如往常般我用自己娛人說笑專長，努力讓聚會的氣氛得以輕鬆自在，不知是否因此原因，研究會中嚴肅不自在的氣氛漸漸地也隨之鬆弛不少，我甚至好像因此成了聚會中相當受歡迎的人物，無人能敵。

這些看似單純的人或許也認爲自己和他們同樣的單純，又是個樂天派且詼諧逗趣的人。若是眞的話，自己就徹徹底底地矇騙這些人了，自己並不是同志，不過，每次的聚會我從未缺席，只是爲了博君歡心而來的。

因爲我喜歡，因爲自己喜歡那些人，但是這未必是因馬克思思想而集結在一起的親愛感。

是不合法。這使我些微地感到快樂，倒不如說這讓我心情好。世上所謂的合法反而令人畏懼（我總覺在那存在著無底洞且強烈的東西），此計謀是不可解的，在毫無窗戶又冷得透骨的房間裡一刻也待不得，即使外頭是不合法的海洋，若跳入其中遨遊不久也將會死去，而這在我眼中似乎是件更爲快樂的事。

有個詞彙是「見不得的人」，其意好像指在人世間是悲慘的失敗者、缺德者的代名詞，但我卻覺得自己打從出生開始就是個「見不得的人」，若與被世俗眼光冠上見不得的人相遇時，我一定對他備感親切與和善，而且自己這種「親切的態度」，是讓自己心蕩神馳的。

另外，有個「犯人意識」的名詞。自己在這人世間，終其一生受此意識所折磨而苦不堪言，然而，自己擁有個糟糠之妻的好伴侶，二個人一起孤寂地玩鬧著，這也許是自己生活的姿態之一吧。

還有，似曾有一句俗語爲：「小腿受傷（言外之意為心裡有鬼、心虛）」。打從襁褓時這個傷就自然地出現在一隻小腿上了，長時間下來別說治癒，反而只是更加嚴重，甚至痛到骨頭裡，夜夜的痛苦猶如千變萬化般的地獄，不過，（這是相當奇妙的說法）這個傷卻漸漸地比自己的血肉還來得親切了，那傷口所伴隨的痛，換言之，這是傷口所滋長的情感，或者是像愛情般的呢喃。

因此，對這種男生而言，上述所提的地下運動組織的氣氛異常地令人安心又心情好，也就是說，比起這運動組織的本來目的，我覺得這運動的表層意義來得較適合自己。

堀木只是像傻瓜般的嘲弄著，將我介紹帶到這個聚會中，說著馬克思主義者在做生產面研究的同時，也有必要做消費面的視察等笨拙的俏皮話，總之，不參加聚會，卻滿腦子想著邀我去做消費面的視察。

現在回想起來，當時的確有各式各樣的馬克思主義者，就像堀木一樣，愛慕虛榮且追求現代感而自稱是馬克思主義者的也大有人在，還有一種像自己一樣，一味地喜歡在這不合法的氣氛裡且靜靜地待在那裡的人。若是這些實際的目的被那些真正的馬克思義者信奉者識破的話，堀木和我都會被發出猶如烈火般怒氣的他們視爲卑劣的叛徒，即刻被轟了出去吧！

可是，我還有甚至連同堀木至今也都尚未受到除名的處分，尤其是自己在這不合法的世界裡，與待在紳士們的世界相較之下，反而更覺輕鬆自在、悠遊自得，且可以「健康」地行動，因此身爲一個有前途的「同志」，我還會被拜託忍不住想笑出來般過度的各種秘密任務。

還有，我一次也不曾拒絕過這些被拜託的要事，且若無其事地全盤接受，也不曾因做事過於不靈活，而被條子（同志們皆如此稱呼警察）懷疑以及被抓去審問等等失敗的經驗。

我自己發出會心的一笑，也扮演丑角逗人歡笑，我都能正確且出色地完成那些危險的任務（這組織的同志們如臨重大事件般，甚至像笨拙地模仿偵探小說，保持極度的高警戒，然後拜託我的這些任務又盡是非常令人目瞪口呆的無聊事，然而，即使如此，他們還是覺得相當危險地看待這些任務）及他們所稱的要事。

我當時的心情是若因黨員的身份而被逮捕入獄，且要在鐵牢中度過一生的話，一點也不在乎。與一面懼怕著世間上的「實際生活」，夜夜輾轉難眠猶如地獄般呻吟的日子相較之下，我認爲牢獄中的生活或許來得更快樂也說不定。

父親在櫻木町的別墅中來來去去，就算在同一個家中，三、四日也見不到父親的面，但是，對父親的恐懼與害怕，讓我想搬離這個家到外面租房子，但始終說不出口。

正當此時，我卻從管理別墅的老爺口中打聽到父親打算賣掉這間房子。

父親當議員的任期也快屆滿，想必一定有各種的理由讓父親不再有參與選舉的意願，再者，故鄉已經蓋了一棟隱居所等，因此父親對東京不再有任何的留戀。

不知是否考慮到爲了充其量只不過是一名高中生的我而提供一棟豪宅與二個男女傭人，是件相當浪費的事（父親的心也和世間人們的心情一樣，連自己都無法充分理解），總之，那個家不久後就要賣給別人。

於是，我搬到本鄉森川町的仙遊館，在那租了一間老舊且陰暗的房子，而後，我突然面對缺錢的窘境。

在那之前，父親每月會給我固定金額的零用錢，即使二、三天揮霍而盡，不過，家中的香煙、酒、乳酪及水果等等都不虞匱乏，另外，書本、文具或其他關於服裝等等的一切費用，總是跟附近的商店用所謂「欠帳」的方式而輕而易舉的取得，還有就算請堀木吃蕎麵或炸蝦等等，假使去父親曾經照顧過的店裡，就算我白吃白喝後默默地走出店裡也都無所謂。

而突然搬到外面一個人住，一切都得靠每月定額的匯款，這著實讓我感到張惶失措。家裡寄來的錢總是二、三天的光景就全用光了，自己爲之慄然，因不安而變得幾近瘋了似地分別不斷地拍電報給父親、哥哥以及姊姊等，要他們送錢過來，還有寄上報告近況的信（在信中所報告的事情全是虛構的滑稽事情。我深信在拜託別人時，首先逗那人發笑是最為上策的）。另一方面，經由堀木的教導，我開始拼命地進出當舖，儘管如此，我老是覺得錢不夠用。

終究我沒有能力在毫無金錢援助的情況下一個人在外過日子。若自己一直待在外面所租的房間時，會覺恐懼不安，彷彿有人會突然襲擊進來一樣狠狠地擊我一拳的感覺。還有走在街上時，不是去幫忙上述的組織跑跑腿，就是和堀木一起去喝便宜的酒，最後我連學業及習畫也幾乎都放棄了。

即使進入高等學校就讀，在第二年的十一月，因與比自己年長的有夫之婦殉情事件，造成我人生中有了極大的變化。

自己不但沒去上課，連書也不唸了，儘管如此，很奇妙的是，似乎我都很能抓住考試作答的要領，總之，在那事件之前都能順利地欺騙故鄉的雙親，但是漸漸地因上課出席天數的不足等等，學校偷偷地向故鄉的父親打小報告，兄長代表父親寫了一封很嚴厲的長信來。

不過，與這比起來，我感到最直接的痛苦卻是金錢上的缺乏，以及上述組織所交代的差事變得相當激烈且忙碌，再也無法帶點半遊戲般的心態去完成它。不知是叫做中央地區抑或稱做某地區，總之，自己已成爲本鄉、小石川、石谷、神田等附近學校的全部馬克思主義學生隊的隊長。我聽說要組織準備武裝起義，因此買了一把小刀（現在回想起來，那是連屑鉛筆都不行的不中用小刀），把它放入雨衣的口袋中，四處奔走，進行所謂的「聯絡」。

我好想喝酒讓自己好好地睡一覺。可是，身無分文，而且來自P（記得用這個密語來代表黨的事，但或許是弄錯也說不定）所拜託的任務逐漸地忙得連喘息的時間都沒有。

原本就體弱多病的身子也變得無法負荷了，原本只對不合法深感興趣，才來幫忙組織做事，正因如此才在半開玩笑中成爲他們的一顆棋子，就這樣忙碌了起來，甚至產生厭惡的心理，此時，自己不自禁抱著害怕的心情，悄悄地對P的人說明：「你們找錯人了吧？要不要讓你們自己的人去做看看？」

而後，我逃離了那組織。雖然逃了出來，心情並沒有爲之開朗，於是決定以死了之。

此時，有三個女生對自己有特別的好感。

一個是我外宿的房子仙遊館屋主的女兒。這女孩總會在我完成那組織交代的任務後，疲憊不堪地回到家裡後，連飯也沒吃就倒在床上時，拿著信紙及鋼筆進到我房裡來說道：「對不起，我家樓下因弟弟妹妹太吵了，以致於無法好好地寫封信。」

她就這樣依稀在自己的桌上寫上一個小時以上。

明明自己可以假裝睡著，然而，我意識到那女孩好像想要對我開口說什麼似的，於是我就發揮了往常被動的服務精神，事實上我的心情是連一句話也不想說，此時吆喝了一聲將精疲力盡的身體轉身俯臥，然後抽著香煙說道：

「聽說有男生將女生寫來的情書用來燒洗澡水。」

「唉呀！眞是討厭。是你吧？」

「我會拿來熱牛奶來喝。」

「用喝的，很光榮唷。」

這個人怎不早點回去呢？什麼寫信嘛！明明都被我看光了，一定盡寫些無聊的小事。

「讓我看一下嘛。」

當時我的心情是連死也不想看一眼，但我卻違背良心地這樣說道。她說：「唉呀！眞討厭，啊！好討厭。」那樣覺得愉悅的事，突然感到相當不像樣而覺掃興。因此，我想吩咐她去做點事。

「抱歉！妳能否去電車旁的藥局幫我買些安眠藥？我因太過疲憊而滿臉發燙，反而睡不著。對不起，關於錢……」

「這點小錢，無所謂啦！」

她很興奮地站了起來。吩咐點事給她做，絕不會讓女生感到沮喪消沉，反而女生會覺被男生拜託事情是件很愉快的事，我非常清楚這一點。

另一個女生是女子高等師範的文科學生，她是所謂的「同志」裡的一員。即使對她感到很厭煩，但因組織交代的任務而必須要每天和她見面。

在每次討論商量後，那女孩總是跟隨著我，而且胡亂地買東西給我。

「你可以把我當成親姊姊。」

而自己則因裝模作樣而打了個哆嗦，我做了個略帶憂愁的表情回答道：「我也打算那樣做。」

總之，若讓她生氣的話，是相當可怕的事，於是我必須設法打馬虎眼敷衍她，甚至因此我漸漸開始討好這醜陋又令人討厭的女孩，而且，每當她東西給我（事實上對於那些東西我實在一點也不感任何的興趣，我大概會將收到的物品立即轉送給烤雞串的老闆等人），我總是露出高興的表情，說笑話來逗她笑個不停。

在某個夏夜，她一直黏著我，一心只想擺脫她的我，在街上的陰暗處，強吻了她，她竟然無聊且狂亂般興奮不已。

她叫了部計程車，帶我到好像是上述的組織因活動而秘密租用的大樓辦公室，是間狹窄的洋房，我們在那玩鬧直到天亮，什麼姊姊嘛！自己因此而暗自感到苦笑不已。

不論是宿舍的那位女孩或是這位「同志」，都變得每天非見面不可，就像我之前對待各式各樣的女生一樣，總是無法很巧妙地迴避，漸漸地拖拖拉拉，造成和往常一樣不安的心，只是拼命地取悅討好這兩個女生，此時的自己已經形同受金錢所束縛一般的心情。

同時，自己也從銀座某家大咖啡廳的女服務生身上得到意想不到的恩惠，雖然只是見過一次面，儘管如此，由於拘泥那恩惠，使我全身上下還是動彈不得一樣，感到擔心或無來由莫名地害怕起來。

當時，我已經可以不用拜託堀木的陪同下，敢一個人搭電車，也敢一個人去看歌舞劇場，或連穿著碎白點花紋的和服都敢進入咖啡店，裝得一副死皮賴臉的模樣。內心依然不曾改變，對於人們的自信、暴力感到疑惑、恐懼以及煩惱，只有表面上的我會稍帶正經八百且用嚴肅的面孔和他人打招呼，不！不是這樣的。若自己沒有在失敗的滑稽苦笑伴隨下，是無法好好地和人打招呼的。

總之，總覺得即使是那熱衷忘我、窘得慌張的招呼，我都可以使出

「伎倆」來，這都得歸功於我參與那個組織爲此四處奔走之故吧？另外，託女人以及酒之福吧？但是，主要是要拜經濟拮据之賜而開始修得的。不論身在何處，反而若是能混入可怕的大咖啡館中被衆多的醉客及女服務生所磨練，更可以讓自己不斷地追逐的心平靜下來吧！

我拿了十圓獨自進入銀座的這家大咖啡廳，一邊笑一邊對女服務生說道：「只有十圓，就喝最後一杯酒。」

「不用擔心。」

她用關西某個地方的口音回答。而後，這句話卻不可思議地給予自己顫抖不已的心安定下來。

不，並不是因爲不用擔心錢，而是覺得在那個人的旁邊可以無所牽掛。我喝了酒。由於對那個女人感到無比安心，反而讓我沒有興起演著滑稽鬧劇的念頭，而絲毫不隱藏眞本性中寡言、悲慘的一面，默默地喝著酒。

「這些你喜歡嗎？」

這女人將各式各樣的菜餚送到我面前來說道，於是我搖著頭。

「只要酒嗎？那到我家來喝吧！」

那是一個寒冷的秋夜。我依常子（我記得是如此稱呼她，記憶有點模糊，不是那麼肯定。連殉情的對象都忘了的自己！）所吩咐般，待在銀座後面的某家壽司攤前吃著一點也不好吃的壽司，（就算忘了那個女人的名字，但是不知怎地卻只對當時難吃的壽司記得一清二楚。而且，那壽司攤的老闆有著就像暗綠色的蛇臉般的臉龐且禿著頭，搖頭晃腦，看似用非常純熟的手藝而實際是掩人耳目地捏著壽司的模樣，也在腦海中歷歷鮮明地回想起來。幾年後，在電車上看到熟悉的臉孔，我還苦思半天，啊！對了！當我意識到酷似當年壽司攤的老闆時，我不禁地再三苦笑。那女人的名字以及容貌都漸漸從記憶中消失的現在，能像畫畫般只正確地記得那位壽司攤老闆的臉孔，我想這是當時頗難吃的壽司所帶給自己的寒意以及痛楚之故。原本即使自己被帶往好吃的壽司店時，我卻一次也不覺得好吃，壽司做得太大個了。我總是想著為何不能好好捏得像姆指一樣大小呢？）等著那個人的到來。

她所租的房子位於本所土工店的二樓。自己在那二樓裡，一點也毫無隱藏自己平日那股陰鬱的心情，像是被劇烈般的牙痛所侵襲一樣，用單手托住臉頰，喝著茶。然而，那個女人反而似乎喜歡上自己這副模樣。她身旁有一股像是冷得刺骨的寒風吹著枯木般只有落葉狂舞著，是個給人完全孤立感覺的女人。

和她一起睡覺時，那女人訴說著她比我大二歲，故鄉在廣島，已經結了婚，她老公在廣島是個理髮師，去年的春天一起私奔到東京來，但是先生在東京不務正業，不久後因詐欺罪而被起訴，關進牢房裡了，「每天我都會送些東西到牢房去給他，但是從明天開始我不管了。」

我自己到底是什麼東西呢？對那女人的身世故事一點也不感興趣，那不知是否因爲她講故事的技巧太差？還是弄錯了話題的重點？總之，對我而言，像馬耳東風一樣。

孤寂。

對我來說，比起女人千言萬語的訴說身世故事，倒不如她的一句呢喃低語較能引起我的感同身受。我期待著這種事，然而終究我卻不曾從世俗的女人身上聽過這句話，我對這事感到奇怪且不可思議。

不過，那女人不曾用言語說過「孤寂」這個字眼，可這般無言的強烈孤寂感，卻像是一團氣流圍繞在她身體的外圍，只要一靠近她，自己的身體也會被那股氣流團團地纏繞住，剛好和自己所擁有的這種或多或少帶刺般陰鬱的氣流相融合，如同「附在水底岩石旁的枯葉」般，我的身體竟然能夠從恐懼與不安中逃脫出來。

這又和在那些像白癡般的妓女們的懷裡能夠安心熟睡一整夜的感覺大異其趣（第一，這些妓女們都是充滿陽氣活潑的），而與這個犯了詐欺罪的妻子度過一夜，對自己來說是個幸福（我毫不遲疑且相當肯定地使用這狂妄的言語，打算在整個手札中再也不會出現了）的解放之夜。

然而，只有這麼一夜。早上睜開眼睛醒來，立即跳起身來，自己又變回原本輕薄模樣，且喬裝成搞笑詼諧的小丑。

懦夫，連幸福都害怕，碰到棉花也會令人受傷，有時也會被幸福所傷。在趁著尚未被傷害之前，急躁焦慮地想要保持這樣子而早點分離，於是我如往例散佈了滿是滑稽的煙幕。

「宛如與財盡緣盡這句話的解釋相反，並不是一沒有錢，就會被女人給拋棄之意。倘若一個男人沒有錢的話，這男的只是自然地意氣消沉，變成廢物，連笑聲也無力，且奇妙地偏頗起來，終究自暴自棄，男人就把女人甩了，亦即幾近半瘋狂狀態拋棄女人之意，這是根據金澤大辭林所記錄的，還真是可憐，我也很了解個中的滋味。」

我還記憶猶新，記得說了這樣愚蠢的話而讓常子笑得合不攏嘴。我擔心久坐無用，於是洗完臉後我很快地離去，當時自己胡亂地信口開河說道：「財盡緣盡」，卻造成後來意外的牽連。

從那以後，一個月裡自己再也沒遇到那晚的恩人。分別後，隨著日子的匆匆，喜悅之心變得很淡薄，對接受這短暫的恩惠，我反而都無根由的害怕起來，自己隨意地感到強烈的束縛，漸漸地開始意識到當時常子負擔我在大咖啡廳所花的費用等日常瑣事，果然我想常子和宿舍的女孩、那位師範女學生一樣，只是威脅著我的女人。雖然遠隔這麼遠，但是我不斷地對常子感到可怕。

再者，我覺得曾經和自己有一夜情的女生，若再度重逢時，肯定會突然怒視以待，相逢是件令人覺得麻煩的事，於是漸漸地我對銀座這地方敬而遠之。

不過，這覺得麻煩的個性絕不是自己狡猾，女人這動物，在一夜情過後與早上醒來之間，卻無法像塵埃一般緊連著，彷彿完全忘得一乾二淨，且完美地畫分出二個世界而活著，對此不可思議的現象，我始終無法能夠好好領會。

十一月末，我與堀木在神田的路邊攤喝著便宜的酒，這位壞朋友，離開路邊攤後，又主張再去另一家喝酒，明明我們已身無分文了，儘管如此最後還是決定去喝個夠。

當時，我因喝醉酒而大膽地說道：「好吧！即然如此的話，你就帶我去夢之國。那個叫做出乎意外驚人的酒池肉林……」

「咖啡廳嗎？」

「對！」

「走吧！」

於是就這麼決定，二人搭乘市營電車，堀木滿心愉悅地說道：「我啊！今晚對女人非常飢渴。我可以親女人嗎？」

我不太歡喜堀木演出輕浮的酒醉模樣。堀木也明白這點，所以叮嚀我說：「親女人，可以嗎？我一定要親親坐在我旁邊的女人給你瞧瞧。可以嗎？」

「無所謂吧！」

「太感謝你了！我對女人飢渴得不得了了。」

我們在銀座四丁目下車，身文分文地走進那所謂酒池肉林的大咖咖廳，拜託常子通融，在空包廂中，我正找堀木的對面要坐下時，常子與另一位女服務生走了過來，由於另一位女服務生坐在自己的旁邊，而常子則撲通地坐在堀木的身旁，此舉讓我嚇了一大跳，此時常子正被親吻著。

並不會特別覺得可惜。對我而言，原本佔有慾就非常的薄弱，又即使偶爾會有可惜的心情時，我也連膽敢主張所有權以及與人相爭的力氣都沒有。後來，我還曾默默地注視自己未辦結婚手續的妻子被侵犯。

我自己不想去碰觸與人們有糾紛爭執的事，被捲入那漩渦對我而言是相當可怕的事。常子與自己之間只是一夜情的關係而已，常子並非自己的所有物，照理說自己並不會自大地認爲很可惜。然而，自己卻著實嚇了一跳。

在自己的眼前受到堀木猛烈強吻的常子，我深覺很可憐。被堀木糟蹋的常子必須要和自己分開吧！而且自己也不會積極地想挽留常子，啊！夠了！這是最後一次，雖然剎那間驚覺常子的不幸，立即像流水一樣實實在在地流逝了，相較看著堀木與常子的臉，而我則一個人默默地笑著。

可是，事態卻往往出乎意料之外，朝更壞的方向展開來。

「夠了！」堀木歪著嘴說道：「我連這麼貧窮的女生也……」

堀木爲難般地將雙手交叉在胸前，眼睛直打量著常子且苦笑著。

「拿酒來，我沒有錢。」

我小聲地對常子說道。正因如此，我想喝到爛醉爲止。若用庸俗的眼光看來，常子連被醉漢親吻的價值都沒有，只是破陋、窮酸的女人罷了，意想不到我竟然有著如霹靂般被粉碎的感覺。

我史無前例地一杯又杯猛喝著酒，醉到頭昏目眩，與常子目光交會，互相露出哀傷的微笑，再怎麼說，她只是個相當疲憊與貧乏的女人，正當如此想的同時，窮人之間的親和感（貧富不和，即使像是很陳腐，然而在連續劇中仍舊是永遠的話題之一，我至今依然如此認為），這股親和感突然間湧上心頭來，有生以來第一次覺得常子好可憐，我意識到我身上積極但微弱的愛戀的心正在沸騰著。

此時，我吐了，而後顛三倒四。喝了酒而這樣地失去自我的爛醉，在當時是頭一回。

我清醒後，發現常子坐在枕邊。我躺在本所土工店二樓的房間裡。

「當你說財盡緣盡這句話時，我以爲你會不會在開玩笑，你是認眞的吧？因爲你都不來。什麼痲煩複雜的斷絕往來！我來賺錢給你花也不可以嗎？」

「不可以。」

接著，她也躺下休息，二人一夜未眠，第一次從女生口中說出「死」這個字眼，她似乎對於身爲人類爲生計汲汲營營的日子已感到精疲力盡，且自己一想起對世間上的恐怖、厭煩、金錢、那個組織、女人、課業等，事至如此，很難再忍耐苟活下去，因此很爽快地答應那女人的提議。

可是在當時，我還無法對「死亡」的實際感受有所覺悟，在內心的某處還潛藏著「玩玩」的感覺。

那日的上午，二人在淺草的六區徘徊，隨後進入咖啡店而喝起牛奶來。

「你付錢。」

自己站了起來，從袖口掏出錢包，打開一看，只有銅錢三枚，與羞愧相比之下，更有一股淒慘的想法襲上心頭，突然浮上腦海中的殘留記憶只是在仙遊館的自己房間、制服及坐墊，之後彷彿再也無法拿來一樣物品來抵押似的荒涼的房間，其他是自己現在穿著的碎白花紋的和服及斗篷，這是我的現實生活，自己清楚地體會到很難活下去。

由於自己的慌張失措，這女人也站了起來，偷窺我的錢包說道：「唉呀！只有這些嗎？」

雖然是無心的一句話，卻讓我刻骨銘心的感到痛楚。自己第一次只是聽到喜歡的人的聲音，就感到刺痛不已。這也不行、那也不行的三枚銅錢根本連錢都不算。這是自己從未曾經歷過的奇恥大辱，這是讓我無法活下去的屈辱。

當時的我，似乎尚未脫離有錢公子哥的心態吧！我實際地感受到無論如何都要尋死的決心。

那晚，我們發奔到鎌倉的海邊。她說身上的腰帶是向朋友借的，所以將腰帶解下，折疊好放在岩石上，我自己也脫下斗篷放在同一地方後，一起跳水自盡。

她死了，而只有我獲救。

由於我是個高中生，又不知是否因父親的名氣多少有點所謂的炒作價值，因此報紙也大大地報導一番。

我被位於海邊的醫院所收容，故鄉來的一位親戚趕來幫忙處理後續事情。又告訴我家中以父親爲首的整個家族都相當地憤怒，或許會斷絕父子關係也說不定。

但是比起此事，自己更加愛戀死去的常子，只顧一味地在旁暗自啜泣著。因爲至今所遇到的所有人中，我眞的只喜歡那貧苦的常子一人。

我租的宿舍的女孩接連寫了五十首短歌的長信來。五十首短歌的開頭盡是以「爲我活著喔！」等等怪異的用語。還有，護士們都帶著活潑的笑容來到自己的病房遊玩，也有護士緊緊握住我的手後才回去。

在這家醫院檢查出我的左肺有毛病，這對我而言是件相當好的事，不久，我以協助自殺罪的罪名而被醫院帶去警察局，然而，警察卻將我當成病患而特別安置於保護室中。

深夜，保護室隔壁的值班室，有位睡不著值夜班的年長警察，悄悄地打開房門對我說道：「喂！」

「很冷吧！來這裡取暖。」

自己故作消沉無精打采進入值班室，坐在椅子上烤火暖身。

「你還是依戀著死去的那女人吧？」

「對。」我用近似消失般的細微聲音答道。

「那也是個人情。」他漸漸地擺起大架子來了。

「和那女的認識是在哪裡？」

幾乎像個法官裝腔作勢地詢問著。他把我當成小孩般輕視，在這無聊的秋夜裡，他佯裝自己是個調查的主任，似乎企圖想從我身上挖出一些帶著風流情色的往事。

自己早就察覺這一點，因此強忍住笑意。我也知道像這種「非正式的訊問」，自己一概拒絕回答也無所謂，但是，在這漫長的秋夜裡，爲了助興，自己卻很奇妙地深信不疑地將這位警察當成調查主任，刑責的輕重全取決於這位警察的高興，正因如此，我由衷地表現出所謂的誠意，且做適當的「陳述」以稍微滿足他的好奇心。

「嗯，這樣子我大概了解了。若是你都能照實回答的話，我們將會酌情考量的。」

「謝謝，就拜託您了！」

眞是幾近出神入化的演技啊！而且，爲了自己，這根本稱不上是什麼，特別賣力地演出。

天一剛亮，我就被署長叫去，這次是正式的調查。

一打開門，進入署長辦公室時，「喂，長得眞不錯。這個嘛，不是你的錯，是生你的母親的不對。」

他是個皮膚稍黑，像是大學畢業的年輕署長。突然被這麼一說，自己的半面臉好像黏滿了紅斑、醜陋的殘障者似地，覺得很悲慘。

這位像是劍道或柔道選手的署長調查起事情來眞是簡潔乾脆，與那深夜老警察秘密又固執、好色的「調查」相較，簡直有如天壤之別。

問訊結束後，署長邊將文件送給檢察局，邊說道：「你要好好保重身體喔。你不是有吐血嗎？」

那個早上，很奇怪地吐出血來，我每一吐痰，一定會用手帕覆蓋住嘴，但在那手帕上竟沾了猶如降下紅色的霰般的血跡。然而，這並不是從喉嚨咳出來的血，而是昨夜我玩弄耳下出現的小腫瘡而流出的血。

不過，自己猛然覺得還是不要明說比較好，因此只是低著眼睛，且用值得嘉許般的口吻答道：「是的。」

署長一寫完公文，說道：「至於會不會起訴，完全要看檢察局的決定，你最好今天拍個電報或打個電話拜託你的保證人，來橫濱的檢察局一趟。你應該有吧！你的監護人或保證人等等。」

有位書畫骨董商叫澀田，常進出父親東京別墅，和自己同鄉，是個極盡奉承父親、年約四十歲單身的矮胖子，我突然想起他是我在學校唸書時的保證人。

由於那男人的臉，特別是眼神很像比目魚，因此父親常叫他比目魚，我也跟著這麼稱呼。

我跟警察借電話簿，找到了比目魚的家裡電話號碼，因此打了電話拜託他到橫濱檢查局一趟，比目魚整個人立即變得很奇怪且帶著驕傲的口氣，儘管如此，他總算答應爲我擔保。

「喂，那電話馬上消毒比較好！不管怎樣，他有咳出血痰。」

之後，自己被帶回保護室，署長用斗大聲音如此吩咐著警察們消毒電話，這使得連坐在保護室的我也聽得一清二楚。

過了中午，我被用細麻繩綁住身體，雖然被允許可以用斗篷遮住細繩，不過那麻繩的另一端是由年輕的警察緊緊地握住，二人一起搭電車前往橫濱。

但是，我並沒有絲毫的感到不安，那保護室以及那老警察都令我懷念。嗚呼！我到底是怎麼了？若是被當成罪人而被束縛的話，反而較鬆了一口氣，且感到無比的舒暢、沉靜，就連現在寫起當時的往事回憶時，也眞的感受到那股悠閒、快樂的心情。

不過，當時令我懷念的回憶，只是一個令我冷汗直流、一生都難忘的悲慘且失敗的事。

自己在檢查局薄暗的房間中，接受檢查官簡單的調查。這位檢查官約四十歲左右，似乎是個穩重沉著（若是自己是美男人的話，也就是說那一定是邪淫般的美貌，那檢查官的臉，卻令人想要說是剛正的美貌來形容般，帶著聰明穩重的神情）、不小氣的人，因此自己也全然毫無警戒，呆呆地陳述事情的經過。突然我像之前一樣開始咳，從袖子中拿出手帕，突然看到血跡，也許這個咳有點幫助也說不定，因此我心生起無聊卑鄙的策略，「咳！咳！」我只咳了二聲，誇張地再補充假的乾咳，用手帕摀住嘴巴看了檢察官一眼。

在那千鈞一髮中，那檢察官問道：「是眞的嗎？」

他靜靜地微笑道。我冷汗冒三丈，不！即使現在回想起來，也覺得頭昏目眩而整個人團團轉似的。

在中學時代，被那愚笨的竹一同學從我背後中說：「你是故意，是故意的。」在那之後，整個人就像被踢進地獄般，但是這次比起那時的感受，絕對有過之而無不及的心情存在。

這次與那次都是自己一生中演技大大失敗的紀錄，我有時甚至還認爲與其遭受檢察官那像沉著的侮辱，不如自己被宣判十年的刑罰還要來得好過些。

我被暫緩起訴。然而我壓根兒一點也沒感覺到快樂，用世上最悲慘的心情坐在檢查局會客室裡的長凳上，等待著保證人比目魚的到來。從背後高高的窗戶可以看到夕陽，海鷗像是排列成一個女字成群飛翔著。

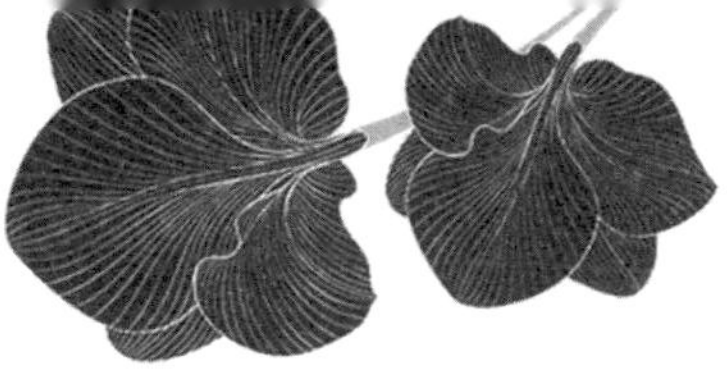

手札之二

不久後，我們就結婚了，
為此所獲得的歡樂未必很大，
但爾後所面臨的悲哀，
就算用淒慘二字來形容也不足道盡，
絕對超乎實際想像的悲慘。

一

竹下的預言一個成眞了，另一個卻猜錯了。被女人迷戀這種沒名譽的預言雖然印證了，但成爲更偉大繪畫家的預言卻不準。自己頂多只能當個爛雜誌裡無名、笨拙的漫畫家罷了。

由於謙倉事件，我被高等學校開除了，於是之後我就在比目魚家的二樓約三個榻榻米大的房間住了下來，每月從故鄉寄來極小額的錢，當然那也不是直接送到我手裡，而似乎是偷偷送到比目魚那兒（而且，聽說那好像是故鄉的兄長們瞞著父親寄來的錢），從那以後，僅侷限於此外，和家鄉的連繫全斷了。

還有，比目魚總是擺著臭臉，儘管自己討好地笑，他也始終不笑，這令我感到無比的悲慘，不！深深覺得人類竟可以這麼簡單地做到翻臉不認人的快速轉變，他像換了個人似地，只一再對自己說道：「不可以出去唷。總之，請你不要出去！」

比目魚把我當成會再去自殺一樣地監視著，也就是說，他好像認爲我會再度追隨著女人跳海自盡一樣而嚴禁我外出。然而，我沒喝酒也不吸煙，從早到晚只是鑽進這二樓的三個榻榻米房間的暖爐裡，看著舊雜誌等等，如同傻瓜般生活的我，連自殺的力氣都沒有。

比目魚的家在大久保醫專的附近，是間名爲青龍園的書畫骨董商，儘管這招牌上的字看起來相當意氣風發，然而，一棟分二戶，店舖是其中一戶，店門口相當狹小，店內也充滿灰塵，盡是排列著不值錢的物品（原本比目魚並不是靠著這店的破爛物在做生意，好像是將有錢老爺藏物品的所有權轉讓到另一位老爺的手中，而從中間賺取仲介費），幾乎每天待坐在店內的時間並不多，大約從早開始，便帶著難以理解、愛抱怨的表情，匆匆忙忙地出門去。

而顧店的是十七、八歲的小鬼，也兼看守著我，只要一有空，就和鄰近的小孩們到外面去玩棒球等，即使如此，還會將寄居在二樓的我宛如當成白癡或瘋子般，甚至訓起我來，而我本性原本就不太會與人爭吵，因此只是很疲倦似地，且又露出佩服、贊同的表情來洗耳恭聽，表示聽從他的意思。這小鬼是澀田的私生子，即使發生了不尋常的事，澀田也不會說出所謂父子的名分，又澀田一直是獨身，好像是這方面的原因，自己也從以前的家人口中稍微聽到有關於此的流言，不過我總覺得自己對別人的身世不太感興趣，因此更深入的事情就不得而知了。

但是，這個小鬼的眼神，不可思議地讓我把它和魚的眼睛聯想在一起，所以他該不會眞的是比目魚的私生子……不過，若是如此的話，這二人還眞是一對寂寞的父子。他們二人曾在深夜裡瞞著住在二樓的我，靜悄悄地吃著買來的蕎麵等。

在比目魚的家中，都是這小鬼在煮飯，只有二樓這位麻煩人物的食物，會特別裝在盤子裡，由小鬼一天照三餐送到二樓來，而比目魚跟小鬼則在樓下陰鬱潮濕的四個榻榻米上，像是急急忙忙地吃著飯似的，不時地發出鏗鏗鏘鏘盤子交錯的聲音。

三月底的某個黃昏，比目魚好不容易找到賺錢機會，抑或另有什麼其他的策略（儘管這二個推測都正確的話，恐怕還有幾個我所無法覺察的細小原因吧），很難得自己被邀請到樓下擺著酒壺、比目魚及鮪魚生魚片的餐桌前來。這位請客的主人還洋洋得意地向茫茫然吃閒飯的我勸酒並說道：「你到底打算怎麼做？從今以後。」

我未答腔，從桌上的盤子挾了小沙丁魚乾，注視著那小魚們的銀色眼睛，因酒醉而微微地模糊起來，我開始懷念起四處玩樂的日子，甚至懷念起堀木來，深深地想要「自由」，忽然微微地想要哭了出來。

自從自己來到這個家之後，連耍寶搞笑的力氣都沒有，只是在比目魚和小鬼的輕視下過日子，而比目魚更像是儘量避免和自己沒有隔閡般的長談，加上我也沒有心情追著比目魚聊天，自己幾乎已成爲茫然地吃閒飯的寄居者。

「所謂的暫緩起訴，並不是會留下前科記錄。因此，換言之，嗯，你所留意的是該改過自新。若你改惡向善，可以認眞地找我商量的話，我也會好好考慮考慮。」

比目魚的說話方式，不！世上所有人們的說話方式，都是像這樣的複雜，好像帶點朦朧且令人想逃般的微妙複雜，而自己總是對於那個幾乎令人感到無益、沒用的嚴重警戒，以及無以計數細小煩惱的手腕感到困惑、爲難，自己的心情已變了什麼都無所謂了，繼續開玩笑、挖苦，或者是沉默地首肯承受這一切，也就是說採取失敗消極的態度。

此時，若比目魚對著自己大約地做了以下的簡單報告的話，這事也就到此爲止，這也是自己到了多年以後才了解的，對於在比目魚無必要的注意，不，世上的人們不可理解的虛榮、奉承的外表下，我感到多麼地陰鬱。

當時若比目魚只說了這些話，該有多美好。

「不管公立或私立，總之從四月開始找個學校唸唸。等到你進入學校後，你家鄉那邊會寄送更充裕的生活費來給你。」

這是很後來我才知道的事，但事實也是如此。而且，自己也聽從了這個想法了吧？雖然如此，然而由於比目魚小心翼翼的說話方式，因此不可思議地彆扭起來，自己的生活方向也完全改變了。

「若用不認眞的心態找我商量的話，我也沒辦法。」

「商量什麼？」連我自己都理不出頭緒來。

「就是你放在心中的事吧？」

「比如說？」

「比如說，今後你本身有何打算？」

「去找工作比較好吧？」

「不，你的心情到底怎麼想的？」

「可是，你不是說要我回學校唸書……」

「那是要花錢。不過，問題不是錢，是你的心情。」

爲何他不一口氣說完關於錢這問題會從家鄉寄來呢？我的心情照理說明明已經安定下來了，卻因他的一句話，再度讓自己陷入五里雲霧中。

「如何呢？你對於將來有沒有什麼希望之類的？總覺得終究要獨立照顧好自己是多麼地困難？這對於常處於被照顧的人是無法理解的吧？」

「對不起。」

「說實話，這是我擔心的。我也不希望一旦答應要照顧你，而造成你一知半解的心情。希望你讓我看到更棒的改過自新的覺悟。例如，你將來的方向，你若認眞找我商量的話，我也打算好好地回應。若是期待著反正那貧窮的比目魚會援助我，而像以前般的奢侈浪費的話，這將會讓我感到失望透頂。但是，你的心情若是很堅定、清清楚楚地制定將來的目標，然後找我商量討論的話，爲了讓你改頭換面，我想即使是盡微薄之力，我也會幫助你的。你能了解我的心情嗎？究竟你從今以後打算如何呢？」

「如果你不能讓我再住二樓的話，我會去工作……」

「你是認眞說這話的嗎？現在的社會，假若從帝國大學畢業……」

「不，我並不是想成爲上班族。」

「那是什麼意思？」

「我想當畫家。」於是，我下定決心說了這話。

「什麼？」

自己無法忘記比目魚當時縮著脖子笑著臉，且露出多麼狡猾的身影。

酷似輕蔑的影子，但又與那相異，若將世上比喻成大海的話，好像在那片海洋的深處漂蕩著奇妙的影子，又彷彿是個成人生活中的某個深處所散發出的笑容。

那種事根本不值一提，你一點也沒有好好地堅定自己的心情，你仔細地想想，今晚好好地考慮一晚。當我被這麼一說，像被追趕似地跑上二樓，即使是躺在床上，也浮現不出任何的想法。接著，天一亮，我就離開比目魚的家。

傍晚就一定會歸來。

我將去如左記的朋友家裡討論將來的目標，所以務請放心。

於是，我在便箋上如此大大地寫著。然後寫下掘木正雄的住處及姓名，偷偷地逃離比目魚的家。

並不是因比目魚的說教感到氣憤而逃跑出來的。自己的確如比目魚所言，是個不能好好堅定自己心情的男人，對於將來的方向連自己也摸不清頭緒，再加上，待在比目魚家裡當個麻煩的人物，對比目魚而言也是相當可憐的，因為一想到萬一自己興起發憤圖強的心情，立定志向，而每月必須從貧困的比目魚那兒得到改過向善的資金，心中的痛苦油然而生，甚至產生無地自容的心情。

不過，自己並不是認眞地想去找堀木商談所謂「未來的方向」而逃離比目魚的家。那只是即使是一點點，即使是短暫的時間，也想讓比目魚安心，（那時的我，有一點點想像偵探小說的筆觸底下的遠走高飛一走了之，才寫下這樣的紙條，與其如此，不，當時肯定稍微有那樣的心情存在，或許不如說只因是自己突然想造成比目魚的恐慌，讓他陷入手忙腳亂，這種情況連自己都覺得可怕稍微來得正確也說不定。反正，秘密肯定會敗露，還是會感到害怕，因此務必找個什麼裝飾品之類的來搪塞，這也是自己悲哀的個性之一，又與世間人們所稱的「騙子」所有卑賤的個性相似，但是，我幾乎沒有從事為了自己利益而掩飾之類的事，只是想改變如同室息般的可怕的掃興氣氛罷了，儘管後來自己了解到對自己不利的事，自己也會像往常一樣「拼命的服務」，像傻瓜般帶點歪曲的虛弱，我也覺得有在很多場合中，從那服務的心情，忍不住想用一句話來裝飾自己。然而，這種習性仍舊在這世上所謂的「老實人」的身上很吃得開）那時，忽然浮現在記憶底部的是堀木的住處及姓名，順手將之寫在便箋的旁邊。

自己離開比目魚家後，走在新宿街上，將懷裡的書本都賣了後，還是走投無路。雖然自己對大家都很和藹可親，實際上「友情」這東西卻一次也感受不到，而堀木這酒肉朋友就另當別論。

所有的朋友只是令我覺得痛苦，想要掙脫那苦痛，而扮演丑角賣命地演出滑稽耍寶的鬧劇，反而弄得自己疲憊至極，在路上行走時，即使看到稍微熟識的臉孔，甚至相像的面孔，自己也會爲之一驚，剎那間令人眼花目眩、不愉快般的顫慄驚慌之感襲上心頭，就算知道被人所喜愛，自己也缺少那愛人的能力。（原本自己在這世間，究竟是否有「愛」的能力？這的確存著相當大的問號）像這樣的我，照理說不可能有所謂的「好朋友」，還有自己連「拜訪他人」的能力都沒有。對自己來說，別人的家門比那

《神曲》的地獄門還令我覺噁心、害怕，我切實且毫無誇張地感受到在那門的背後，彷彿有恐怖的龍那樣充滿血腥味的奇獸存在著。

我並沒任何朋友，也無法到處拜訪。

只有堀木。

這種形式才是從玩笑中跳出的棋子。如同在那留言紙條所寫一樣，自己決定去淺草拜訪堀木。至今為止，自己從不曾主動拜訪堀木的家，大抵是拍電報叫堀木來自己身邊，但現在連那電報的費用都令我感到膽怯不安，再加上，我想我這副落魄的樣子，若只拍了電報的話，或許堀木也不會來吧！於是，我最後決定自己去做不擅長的「登門造訪」，長吁嘆了一口氣後，搭了電車，我心想難道在這世上對自己來說唯一可以依靠的人是堀木嗎？想到此，我背後襲來一股涼意般的悲慘氣氛。

堀木的家，位於骯髒小路的深處，是二層樓建築，而堀木則使用二樓唯一一間六個榻榻米大的房間，樓下是堀木的年邁的雙親及年輕的工匠，三人邊縫製邊敲打著木屐的帶子。

那天，堀木在我面前顯示出一個都會人的嶄新一面，那是俗稱老奸巨猾的個性。身為鄉下的我也愕然地睜大眼睛，冷酷又狡滑的自私，他並不像我，只個毫無止盡不斷地流浪下去的男人。

「我完全被你嚇呆了。你父親原諒你了嗎？還沒吧？」

我並沒有說我是離家出走的。自己依往例打馬虎眼。此時此刻一定馬上被堀木所察覺，然而我還是矇騙過去了。

「我還在想辦法。」

「喂！這可不是開玩笑。給你個忠告，就算笨蛋也差不多就此停住。我今天有事要辦，最近瞎忙一場。」

「你說有事，是什麼？」

「喂！不要弄斷座墊上的線唷！」

我一面說話一面無意識地用手指玩弄並用力拉著自己座墊上不知是縫線抑或綁住的帶子，像是纓穗一樣四個角其中一角的線。堀木對於只要是家裡的所有物品，即使是座墊上的一條線也會好好愛惜一樣，一點也不害羞，正因為如此，他才會用眼角上所流露出的不快、責備的眼神望向我。仔細一想，堀木從認識我後，至今還不曾失去過一樣東西。

堀木的老母端進了二碗年糕紅豆湯。

「啊！這是……」

堀木像是由衷地盡孝道的兒子般，誠惶誠恐地對著老母親說道，連遣詞用字也使用不自然的敬語。

「對不起，是年糕紅豆湯嗎？不用擔心闊不闊氣。因為有要事，必須馬上出門去。不，不過，不要浪費母親專程做的拿手年糕紅豆湯。我要開動了，你也來一碗，如何？是我母親特地親手做的唷。啊！這真好吃！感覺真豪華。」

他並不完全地在搞把戲，而是非常高興地吃起年糕紅豆湯。自己也小口吃著，品味湯頭之美，且吃了年糕後才知那不是年糕，而是連自己也不知道的東西。

我絕不是輕視貧窮（那時，我並不覺得那東西很難吃，且對於老母親的用心感到銘刻於心。自己即使對於貧窮有恐懼感，但並沒有輕蔑感的打算），藉由那碗年糕紅豆湯，還有對年糕紅豆湯感到喜悅的堀木，炫耀著都市人儉樸的本性，且還有東京人家庭清楚地區分內外而過日子的實際情況，而只想記錄出只有自己這種對於親疏不分且接連不斷四處逃離人們生活的小笨蛋，才會完完全全地被淘汰。

連堀木也會拋棄我，這樣的跡象讓我狼狽不堪，邊動著年糕紅豆湯脫漆的筷子，邊感到無可忍受的孤寂感。

「不好意思，我還有事。」堀木站起來，邊穿衣服邊說道：「眞是失敬了，對不起。」

正當此時，堀木家來了個女訪客，他態度也大爲轉變。

堀木忽然很有活力地說：「啊，對不起。現在正想要去拜訪妳，但是這位先生突然來，不，沒關係。來，這邊請。」

自己也相當匆忙地離開自己座墊，並將座墊翻了面往前推，然後又翻了面拿給那女人。在這房間中，除了堀木的座墊外，客人坐的座墊只有一個。那女人瘦瘦高高的。她將座墊挪到一旁，在門口附近坐了下來。

自己茫然地聽著二人的對話。女人好像是雜誌社的人，好像是拜託堀木畫什麼插畫之類，現在過來拿畫。

「因為很趕。」

「已經畫好了，老早就完成了。是這個，請看！」

此時電報進來了。

堀木邊讀著且眼看著愉快的臉馬上變得有點厭煩：「切！你！這是怎麼回事？」

這是來自比目魚的電報。

「不管如何，馬上給我回家去。我是可以送你回去，不過，現在沒空。你離家出走竟還可以一副蠻不在乎的樣子。」

「您府上是在哪裡？」

「在大久保。」我不經意地答道。

「若是這樣的話，在我公司附近。」

那女人在甲州出生，今年廿八歲，和五歲的女兒住在高圓寺的公寓裡。她說她丈夫已去逝三年了。

「你好像是相當辛苦地過生活，機靈又可憐的人！」

我開始過著靠女人養的小白臉般的生活。靜子（是那位女記者的名字）去新宿雜誌社上班後，自己就和叫茂子的五歲女兒安靜乖乖地看家。在這之前，當母親不在家時，茂子好像會到公寓管理員的家裡玩，不過，由於現在有這位自誇「機靈」的人當玩伴，所以看起來心情相當的好。

約一個星期的時間，我很茫然地待在那裡。公寓窗口附近的電線上，纏著一只形似武士奴隸的風箏在那飛舞著，被滿是塵埃的春風一吹就破掉了，儘管如此，它還是相當牢固糾纏住電線不放，總覺得一直點頭一樣，因此自己每一看到此景就會苦笑一番，滿臉漲紅，甚至晚上睡覺還會夢到被魘住呢！

「我想要錢。」

「……要多少？」

「很多。……財盡緣盡這句話是千眞萬確唷！」

「愚蠢至極，眞是古板。」

「是嗎？不過，妳是不會懂的。若這樣下去，我或許會逃跑。」

「到底是誰比較窮？而且，是哪一方會逃跑！眞奇怪。」

「我想用自己賺來的錢買酒，不！買香煙。提到繪畫，我自認爲比堀木來得厲害些。」

此時，我腦海中不自覺地浮現出中學時代所畫的數張被竹一稱爲所謂「妖怪」的自畫像的畫，是被遺失的傑作。那些畫在幾次搬家中遺失了，自己覺得只有那幾張才確實是優秀的畫。之後，即使畫了各式各樣的畫，也遠不及那些回憶中的珍品，自己總是覺得胸口空空的，且一股令人苦惱的失落感湧上心頭。

一杯喝剩的苦艾酒（absinthe）。

我悄悄地如此形容這永遠難以補償的失落感。一提到畫畫的話，自己眼前閃爍過那杯喝剩的苦艾酒，啊！好想給眼前這個女人看那些畫，而後讓她相信自己的繪畫才能，突然被這突來焦慮所折騰而苦不堪言。

「呼呼，怎麼了？你用認眞的表情開著玩笑的模樣眞是可愛。」

這並不是玩笑，是眞的，啊，想讓她看那些畫！

我心情因空轉著而煩悶不已，忽然間改變心情，放棄地說：「是漫畫啦！至少若是漫畫的話，一定比堀木還好。」

這種欺騙耍寶式的話語反而較能讓人信以爲眞。

「是喔！實際上，我也很佩服。看到你一直畫給茂子的那些漫畫，連我都不知不覺笑了起來。你要不要試看看呢？我也可以去拜託公司的總編輯。」

那家公司是發行以小孩子爲對象但不太有名氣的月刊雜誌。

……一看到你，大部分的女人都會忍不住想爲你做些什麼。……我總是提心吊膽、恐懼不安，結果卻成了滑稽演員……偶爾，獨處時會非常地消沉，然而，這副模樣卻更能搔到女人心坎裡的癢處。

儘管靜子任何事都會對我說且還對會我奉承、恭維，但一想到因當個小白臉這般下流的特質時，這令我更加一味地想「消沉下去」，根本提不起任何精神來，雖然我暗地裡努力下功夫想擺脫靜子而自食其力、獨立生活，但是相反的，卻漸漸變得非依賴靜子不行的地步。離家出走的善後等，幾乎所有的事都受到這位優於男人的甲州女人的照顧，結果這些都變成自己對於靜子更加感到所謂「恐懼不安」的理由了。

在靜子的照顧下，比目魚、堀木加上靜子的三人會談終於達成共識，而我和家鄉也完全斷絕關係，之後和靜子「公然地」同居了。另外，由於靜子的奔走，我的漫畫意外地賺了很多錢，自己也用那些錢買了酒和香煙，可是自己的膽怯不安、鬱悶卻與日俱增。

正因如此，我完全陷入沉悶之中，一提筆畫著靜子雜誌社每月的連載漫畫「金太及雄太的冒險」時，曾經不經意地想起家鄉的事，因太過的孤單，使得我連鉛筆都動不了，於是低著頭來淚流滿面。

對於那時的我而言，稍稍拯救我的是茂子。茂子那時會毫不拘束且沒有任何隔閡地叫我為「爸爸」。

「爸爸！聽說只要一祈禱，神就會給我們任何東西，是眞的嗎？」

我才想要祈禱呢。

啊！賜給我冷淡無情的意志，讓我了解「人類」的本質。人就算推開人，也不構成罪，請賜給我一個憤怒的面具。

「嗯，是的！神什麼東西都會給茂子，但是，或許對爸爸就不可能有用。」

自己連對於神都感到害怕。不相信神的愛，只相信神的懲罰。信仰，我覺得那只爲了神的鞭笞才會低著頭面向審判台。就算相信地獄，但再怎麼也無法相信天國的存在。

「爲何不行呢？」

「因爲我違背了雙親的意思。」

「是嗎？但是大家都說爸爸是個大好人。」

那是因爲我欺騙了大家，自己也知道這公寓的每個人都對我有著好印象。但是，自己是何等地害怕大家？而且愈覺恐怖愈受大家的喜歡，本身一旦愈被大家所喜歡就愈覺心生恐懼，而終究不得不遠離大家的這種不幸的怪僻，若想對茂子說明此心態，是件極爲困難的事。

「茂子，妳究竟想拜託神什麼事啊？」

自己漫不經心地轉移話題。

「我啊！想要眞正的爸爸。」

於是我心一驚，突然頭暈目眩。敵人，自己是茂子的敵人，抑或茂子是自己的敵人，總之，這裡也有個威脅到自己的大人在，忽然間茂子的臉看起來像他人，難以理解的他人，全是秘密的他人。

以前我覺得茂子只是個單純的茂子，然而，這個人也是擁有「置人於死地」的能力。從那以後，我不得不連茂子都感到提心吊膽。

「色魔！你在嗎？」

堀木又來到我的住處。明明在我離家那天，是多麼讓我感到寂寞，然而，儘管如此，我並沒拒絕而淡淡地露出笑容迎接他。

「你的漫畫好像相當受歡迎，不是嗎？你這業餘的傢伙，就是有天不怕地不怕的傻膽。但是，可別大意唷！因爲素描是一點也輕忽不了的。」

他甚至擺出彷彿是大師般的態度。我所畫的那「妖怪」畫若讓這傢伙看到的話，不知會有什麼樣的表情？

我如同往常一樣沉悶地空轉著腦筋：「別這麼說，我悲傷得想大叫。」

堀木更加洋洋得意似地說道：「若只有養家餬口過日子的才能的話，總有一天會露出破綻的。」

養家餬口的才能……自己眞的除了苦笑外別無他法。

我有養家餬口過日子的才能！可是，像自己那樣畏怕、逃避、欺騙人們，和遵奉諺語「多一事不如少一事」所言伶俐狡猾的警世格言有著相同的形式吧？

啊！人們眞是一點都不互相了解對方，完全看錯對方，還自認爲那是唯一無二的好朋友，一生都無法意識到這一點，待對方一過逝，還淚流滿面地讀著弔唁詞吧？

反正，堀木（那一定是受靜子拜託而勉勉強強接受）是從自己離家出走後一直列席到場的人，因此他便以爲是讓我改過自新的大恩人或月下老人自居，裝著一本正經的表情對我說教之類，再加上有時會在深夜喝個爛醉到我這裡來過夜，或借個五圓（一直都是五圓）等等。

「不過，你這好色之徒也該適可而止。因爲若再太過分下去，會造成世人所不容。」

所謂的世人到底是指什麼？是多數的人嗎？在何處可以眞正感受到世人這東西存在呢？在這之前，我一味地認爲對凡事都是抱持著那是強大、嚴肅、可怕的心態一路走過來，然而，被堀木這麼一說，忽然覺得：「所謂的世人不就是你嗎？」

這句話到了舌尖即將脫口迸出時，心想若惹堀木生氣是件非常討厭的事，因此就此打住。

（那不為世人所諒解。）

（不是世人。應該是你無法原諒吧？）

（若做那事的話，會遭世人白目。）

（不是世人。而是你吧？）

（你不久後就會被世人所拋棄。）

（不是世人。是被你拋棄吧？）

你啊！你好好了解你這個人的可怕、怪異、陰險惡毒、老奸巨猾、妖邪不正的個性！像這樣各式各樣的詞彙在我心裡載浮載沉、揮之不去，我只是用手帕擦著臉上的汗水笑著說：「冒冷汗，冷汗直流。」

不過，似乎從那時開始，我心中就擁有「所謂世人不就是個人了嗎？」的想法。接著，當我正開始認爲所謂世人不就是個人時，彷彿自己比起之前來，或多或少較能夠用自己的意志力去行動。

若用靜子慣用話來說的話，自己變得有點任性且戰戰兢兢。又若套句堀木的言語時，我則是變得怪異又吝嗇了。再者，若借用茂子的話時，我又是變得不太疼愛茂子的人了。

整天沉默少笑的我照顧著茂子，又要畫著「金太和雄大的冒險」，以及描述歷歷在目仿效悠哉老爸的「悠哉和尙」，另外還有「性急的阿乒」

等等連自己都無法理解，以自暴自棄爲題的連載漫畫，這些都是爲了因應各公司的邀稿（似乎斷斷續續從靜子雜誌社以外的公司來請我提供漫畫稿，和靜子的公司相較之下，這些都只是更低級，也就是三流出版社來的訂單），事實上是用鬱悶的心情、慢吞吞地運著筆（自己畫漫畫的速度非常地慢）。

而現在的我也只是爲了想要賺點酒錢而畫的，然後等到靜子下班後和她換班，立即外出到高圓寺車站附近的路邊攤或酒吧喝著便宜的烈酒，喝到心情有點爽朗後才回公寓：「我愈看愈覺得妳有個怪表情。其實，悠哉和尙是從妳的睡臉中得到靈感的。」

「你的睡臉相當地老成唷，像個四十歲的老頭子。」

「是妳害的。是被妳壓榨的。水流逝，人消瘦。河邊柳，愁爲何……」

「別吵了，早一點睡。還是你要吃飯呢？」

她非常沉穩，完全不理睬我。

「若是酒的話我就喝。水流逝，人消瘦。人逝去，不，水流逝，水消瘦。」

邊唱著歌，靜子邊脫下我的衣服，我將額頭強放在靜子的胸前而熟睡過去，這就是我的日常生活。

日日重複同樣的事，
依循著與昨日無異的慣例。
若能避開猛烈荒亂的歡樂，
自然也不會有很大的悲痛來訪。
面對著阻礙前途的絆腳石，
蟾蜍會繞路而行。

看到上田敏翻譯查爾·柯婁（Guy-Charles Cros）這樣的詩句時，自己獨自一個人像被烈火燃燒般滿臉通紅。

蟾蜍。

（那就是自己，世人不會對我諒不諒解，也沒所謂拋不拋棄。自己是比狗及貓還要低等的動物，是蟾蜍，只是慢吞吞地行動著。）

自己對喝酒量的需求也愈來愈大了。飲酒的地方不僅是高圓寺車站附近，連新宿、銀座的酒家都會去，甚至開始有夜宿在外的情況，只是如「慣例」，在酒吧假裝像個無賴漢，親吻著女服務生，換言之，我又變回到殉情前，不，甚至比起那時更加狂暴般地耽溺於酒精中，缺錢時還會盜取靜子的衣物去當舖換錢來花用。

來到靜子這裡，從面對著那只破風箏苦笑的那天開始，已經過了一年多了，在那櫻花開出嫩葉時，自己又再度偷偷地拿走靜子的和服腰帶或和服的貼身襯衣去當舖換取金錢後，又再度前往銀座喝起酒來，連續二個晚上外宿未歸，第三個晚上因愧疚之心油然而生，無意識躡手躡腳地回到靜子的公寓前，突然聽到靜子與茂子之間的對話：

「爲何要喝酒呢？」

「爸爸啊，他不是因爲喜歡喝酒才喝的唷！因爲是個大好人，所以才……」

「好人會喝酒嗎？」

「也並非如此……」

「爸爸一定會很驚訝。」

「也許會討厭也說不定。瞧！妳看從箱子跳出來了。」

「好像性急的阿兵一樣。」

「是啊！」

我打開一點房門，從細小的門縫中偷窺究竟，是隻小白兔。在房間裡活蹦亂跳，母子兩人追著牠跑。

（這二個人真是幸福，自己這個笨蛋闖入這二人之間，而現在這對母子的生活因我而變得亂七八糟。這是種樸實的幸福，一對好母女。啊！若是神明也能聽到像我這種人所祈禱的幸福，只要一次，一生中只要一次就好，求求您！）

此時，自己有種想要蹲下來合掌祈求的衝動。我又悄悄地關上房門，再度往銀座方向前去，就這樣再也沒回到這間公寓了。

之後，我在京橋附近酒吧的二樓借住了下來，又是靠女人養的形式自居，當起小白臉來了。

世人。總覺得自己也是模模糊糊似懂非懂，這是個人與個人之爭，且是場爭執，又在當下之爭若能贏就好，人是絕對不會服從任何人的，即使是奴隸也會用奴隸般卑屈的手段來報復，因此人們除了當下一決勝負外，根本不用下任何功夫求生存。雖然口口聲聲宣稱著大義名分的道理，然而努力的目標必定是爲了個人，超越一個後又一個，世人的難解就是指個人的難解。大海指的並非是世間，而是個人，我對世間這片大海的幻影感到害怕得顫抖，從中多多少少獲得了解放，不用像以前般對種種的人事物感到關心，也就是說因應直接的需要，稍微做些厚顏無恥的行爲。

我捨棄了高圓寺附近的公寓，對著京橋酒吧的老闆娘說道：「我分手了。」只說了此句話，就足夠了，換言之，一分勝負就擺在眼前。從那晚起，我蠻橫地強住進那房子的二樓，但是，理該感到恐懼的「世人」，再也無法危害到自己了，且自己再也不用對「世人」辯解些什麼，隨便老闆娘怎麼想都好。

自己有時像是那家店的客人，有時像老闆，有時像是跑腿兒的，有時又像是親戚，從旁看來，照理說我的存在像是莫名其妙且不倫不類，但「世人」一點也不覺得奇怪，而且連店裡的常客都會稱呼我：「阿葉！阿葉！」對我非常地親切，然後陪我喝喝酒。

我對這個世間漸漸地不再小心翼翼了，也認爲這世上再也不是個令人可怕恐懼的地方了。

也就是說，在這之前自己的恐怖感像春風裡的百日咳細菌是好幾十萬個，像澡堂裡足以弄瞎眼睛的黴菌有好幾十萬個，像是理髮店裡禿頭黴菌好幾十萬個，又像是日本鐵路局所經營電車內的吊環佈滿了介癬蟲，還有在未烤熟的牛、豬肉中藏著不知名的幼蟲或肝蛭（distoma）或是什麼蟲卵等，另外打著赤腳行走時，會有小碎片刺進去，那碎片在體內循環，終而刺傷眼睛造成失明等等，一直受到這些所謂「科學的迷信」的威脅。

確實有好幾十萬的黴菌潛浮其中，這在「科學上」是千眞萬確的事實。同時，我也明白若是完全抹殺它的存在的話，那也只不過是與自己毫無關聯而突然間消失的「科學幽靈」罷了。

好比便當盒中吃剩的三粒米飯粒，假使千萬人一天吃剩三粒米，結果將會浪費好幾袋米，另外，一天內若是千萬人每人節省一張擤鼻涕紙，那將可以省下多少的紙漿啊！我總是被諸如此類的「科學統計」威脅著，每次吃剩一粒飯粒，或每擤一次鼻涕，就會有浪費堆積如山一樣高的米、紙漿的錯覺而煩惱不已，我現在有著就像犯了重大罪行般陰暗的心情。

然而，這些才正是所謂的「科學謊言」、「統計謊言」、「數學謊言」，三粒米飯並不是能被集中的，即使做爲加減乘除的應用問題，也實在是相當原始又低能的問題，就像計算在電燈不亮黑暗的廁所裡，一個人有多少次會失足踩空而掉進茅坑裡，或者是統計乘客中有多少人會不小心一腳踩進電車的出入口與月台邊緣的縫隙中等等的機率一樣，令人感到愚笨不堪。

那的確是有可能發生的事，但是跌進茅坑中而受傷的例子卻未曾聽說過，且一想到至今爲止直將上述的假設當成「科學事實」全盤接受、不疑有它，而感到恐懼不安的自己，忍不住覺得又可憐又想笑，因爲我已漸漸地了解到這世間的實際面貌了。

話雖這麼說，但是對於人世間這東西，自己仍舊感到恐懼，每當與店裡的客人見面時，也一定會將把杯裡的酒一飲而盡，因爲我看到了很可怕的東西。即使每晚到店裡，實際上我就像個小孩子，對感到可怕的動物等，反而會緊緊握住，甚至還喝得爛醉對店裡的客人吹噓著笨拙的藝術理論。

漫畫家。啊！不過我只是個沒有大歡樂也沒有大悲痛的無名漫畫家。無論如何，即使未來會有大悲哀降臨，也無所謂了，內心卻焦急地期待狂烈般的歡樂，然而自己現在的快樂卻只是和客人喝著酒，爭辯著徒勞無益的事。

來到京橋後，過著如此般無聊的生活已經快一年了，自己所畫的漫畫不僅是刊登在小孩子雜誌上，也刊登在車站所販賣的粗魯且卑猥的雜誌中，我用上司幾太（殉情未遂）這個玩笑般的筆名，畫著污穢下流的漫畫，另外再加進魯拜集中的詩句。

停止徒勞無益的祈禱

將引人落淚的因子拋往九霄雲外
喝一杯吧　回憶盡是些美好的事物
忘了多餘的關懷

用不安或恐怖來威脅人的傢伙們
因自己所犯的滔天大罪而膽怯
死了也要復仇的準備
在腦海中不斷地盤算著
夜裡　沉溺酒中我心充滿喜悅
今晨　僅留淒冷荒涼
令人詫異　一夜之間

這份怪異的氣氛

停止報應的想法
彷彿遠方響起的大鼓聲
沒緣由的不安
連芝麻小事都被一一清算那就無所救藥了

正義是人生的指針嗎？
那麼在血流成河的戰場中
暗算者的尖刀上
又寄宿著何種正義呢？

何處是指導原則？
是何種睿智之光？

美麗又恐怖的塵世
柔弱的人子背負無法擔負的責任

因被深植下無能為力的情慾種子
滿口淨是詛咒著善惡罪罰
淨是無能為力的張惶失措
不被授予壓抑摧毀力與意志

在何處　又是如何徬徨
什麼批判　檢討　再認識？
耶　空洞的夢想　不實際的幻影
耶　忘了酒　全都是虛假的謬論

如何　瞧瞧無根的天際啊

其中的不起眼的一小點
怎可能知道這地球為何自轉
任由它自轉　公轉　反轉

所至之處　感受到崇高的力量
所有的國家所有的民族
發現同一人性
我則是異端者

大家不同角度看聖經
若不如此就無常識也無智慧
禁肉體的喜悅　戒酒
算了　什麼穆聖　最讓我憎惡

可是，此時有一個處女勸我戒掉酒。

「這樣不行，你每天從早上開始就喝個醉醺醺的。」

她是酒吧對面賣香煙的小商店裡十七、八歲的女孩，名叫阿良，皮膚白皙且有小虎牙的孩子，我每次去買香煙，她就會笑著提醒我。

「爲什麼不可以呢？爲什麼不好呢？喝了酒就會將人們的憎惡忘得一乾二淨，聽說在古波斯，給悲傷至極的心帶來希望的，是只要拿來那微醺的玉杯就能解憂。妳能懂嗎？」

「不懂。」

「妳這丫頭，我要親吻妳。」

「親啊！」

她一點都不覺怯場並噘起下唇來。

「笨蛋！要有貞操觀念……」

然而，從阿良的表情中，可以清楚嗅出她是尙未被任何人玷污的處女。

過完年的嚴寒夜晚，當我喝個爛醉而去買香煙時，一不小心跌進香煙店前的下水道出入孔中，我大喊：「阿良！救我。」

於是阿良將我拉起，我右手受了傷，她幫我擦藥，此時，阿良沒有帶任何笑容地諄諄告誡我：「你喝得太過火了啦！」

自己死了也無所謂，但是若因受傷出血而變成殘廢等，那就礙難遵命了，因此一面請阿良幫我包紮傷口，一面腦中思索著對，喝酒一事也該適可而止了。

「我決定要戒酒，從明天起一杯也不喝了。」

「是眞的嗎？」

「絕不再喝了，若戒掉酒的話，妳可以當我新娘嗎？」

不過，我當時所說的結婚是鬧著玩的。

「當囉！」

所謂當囉是「當然」的略語。當時流行著各式各樣的省略語。

「好！我們來打勾勾，我絕對不喝了。」

然後，翌日我依然從早喝到晚。傍晚踉踉蹌蹌走到外面，站在阿良的店門前說道：「阿良，對不起。我又喝酒了。」

「唉呀！討厭，你故意裝喝醉的樣子。」

我嚇了一跳，酒意都醒了。

「不，是眞的。眞的有喝酒唷！並不是故意裝喝醉酒的樣子。」

「你別嘲弄我了，你眞壞耶。」

她完全不懷疑。

「妳瞧我這副模樣就明白了，今天，可是從早上就開始喝了，請原諒我。」

「你的演技眞是厲害。」

「這不是演戲耶，笨ㄚ頭！我要親妳嘛。」

「親啊！」

「不行。我沒那資格，我無法娶妳，瞧瞧我的臉，很紅吧？這是我喝了酒的緣故唷！」

「那是夕陽照射在你的臉上之故，我很仰慕你，我們昨天才約定好，所以沒有喝酒的道理，因爲我們打了勾勾一言爲定的，所以你說喝酒，那是騙人、騙人、騙人的。」

坐在燈光微暗的店裡，總是笑瞇瞇的阿良，白皙的臉頰旁，啊！那不知世間下流、污穢的醜事是很高貴的，至今自己不曾跟比自己年小的處女上過床，結婚吧！即使日後因此而面臨如何悲慘的悲哀也無所謂了，人生只要有一次狂烈地大歡樂就好。

所以處女之美，我以爲那只不過愚笨詩人筆下甜美感傷的幻影罷了，但這世上果然還是存在著，結婚後若到了春天，二人就騎著自行車去欣賞青葉瀑布，想著此，當場就下定決心，這就是所謂的「一決勝負」，於是對於採花一事就不再躊躇不前了。

不久後，我們就結婚了，爲此所獲得的歡樂未必很大，但爾後所面臨的悲哀，就算用淒慘二字來形容也不足道盡，絕對超乎實際想像的悲慘。對自己而言，「世間」還是見不到底、相當可怕的地方。絕不是像那樣一分勝負等等就可以輕而易舉要起自何處而終至何處了。

二

堀木與自己。彼此互相輕視又互相往來，然後又互相無聊地持續著友情，若那可用這世間所謂的「交友」姿態來形容的話，自己與堀木之間肯定絕對是「交友」。

我依賴著京橋酒吧那老闆娘的俠義心腸（女人的俠義心是句很奇妙的遣詞用語，不過，依自己的經驗，至少在都會男女中，女人比男人擁有更多所謂的俠義心腸。男人大都戰戰兢兢提心吊膽，淨用油腔滑調來裝飾自己，且是相當地小氣），讓我可以和那賣香煙店的良子結爲沒有名份的夫妻，之後在築地、隅田川附近租了一間木造的小小二樓建築式的公寓房間，於是二人就住了下來，我戒了酒，漸漸地開始埋首於我固定的工作——漫畫。

晚餐後兩人會出去看場電影，回家的路上會順道去咖啡館等坐坐，或買盆花，不，比起這些，我比較喜歡聽聽由衷地信賴自己的小新娘所說的話語，還有默默地注視她的舉止，這或許是自己已漸漸成爲正常人的舉動，不用再面臨悲慘的死法了吧？

這種天眞的想法幽幽地爬上心頭開始溫暖了內心，正當此時，堀木又出現在自己的眼前。

「嗨！色魔。咦？你多少變了一個樣，今天我是幫高圓寺的女服務生來跑腿的。」

話才一說出口，堀木馬上放低聲音，抬高下巴指著在準備茶水的良子，沒關係嗎？他這麼詢問著。

「你說什麼都無所謂。」自己則是用沉穩的語氣回答。

事實上，眞想說良子是個相當信賴他人的天才，與京橋酒吧的老闆娘的事更不用說，即使向她提起自己在鎌倉所發生的事件，她也不會懷疑我和常子之間的關係，那絕不是我善於說謊，而是有時我甚至直接了當地說了事情的原委，良子依舊是當成開玩笑般聽得入迷。

「你還是老樣子。也沒有什麼大不了的事，我只是來傳個話，她希望你偶爾到高圓寺去玩玩。」

才剛要忘記，但突然怪鳥振翅飛來，用牠嘴戳破記憶的傷口。驟然之間過去的恥辱以及罪惡的記憶都歷歷在目，令人想大叫：「哇啊！」般的恐怖感冷不勝防地襲來，我坐立難安說道：「我們去喝一杯吧！」

「好。」

自己和堀木。二人的外形很相似，有時會覺得我們是很相像的人，當然那只是指喝著一家又一家便宜酒時的事，總之，若將二人放在一起的話，乍看之下像是擁有相同外型、相同性質的狗兒奔馳在下著雪的鬧巷中的情景。

從那日起，我們又再度恢復舊交，一起到京橋的小酒吧，接著又喝個爛醉如泥去打擾、甚至夜宿高圓寺靜子的公寓。

無法忘懷那個悶熱的夏夜。傍晚，堀木穿著縐巴巴的夏天和服來到我築地的公寓，提及今天因有事而典當了夏天的衣服，若是被老母親得知去當舖之事的話，是非常糟的一件事，由於想立即去贖回而來跟我借錢之事。

眞不巧，我的住處也沒有錢，而如往常一樣吩咐良子拿她的衣服去當舖以換取一些錢借給堀木，剩下一點小錢也會叫良子去買酒，到公寓的頂樓，乘著涼吹著從隅田川時而幽幽地吹來臭水溝味，擺起有點髒的宴席。

當時，我們開始玩起喜劇名詞、悲劇名詞的比賽猜謎遊戲。這是我自己發明的遊戲，名詞中有男性名詞、女性名詞、中性名詞等之分別，同時也應有喜劇名詞及悲劇名詞之區別。例如，汽船和火車全是悲劇名詞，而市內電車及公車全是喜劇名詞，若被問及爲何呢？不懂這其中原由的人是不足以去談論藝術的，喜劇作品中若連一個悲劇名詞都不穿插其中的編劇家，是完全不合格的，反之，悲劇作品亦然。

「好了嗎？煙草呢？」我自己這麼問著。

「悲。（悲劇的簡稱）」堀木當即回答。

「藥呢？」

「是藥粉嗎？還是藥丸？」

「注射用的。」

「悲。」

「是嗎？那賀爾蒙注射也是耶。」

「不，肯定是悲。你不覺針本身就是很美妙的悲嗎？」

「好吧，算我輸了。不過，藥或醫生可說是意外的喜（喜劇的省略語）耶。那死亡呢？」

「是喜。牧師和和尚皆是。」

「猜對了。然後生就是悲囉！」

「錯了，那也是喜。」

「不，那麼任何東西不都變成喜了。那我再問一個，漫畫家呢？不至於是喜吧？」

「悲，悲，是大悲劇名詞。」

「什麼！大悲劇是你啦。」

像這樣無聊拙劣的玩笑，雖說無聊，但是我們卻得意洋洋覺得這遊戲是世界沙龍中所沒有的極聰明遊戲呢！另外，當時我還發明與此相類似的遊戲。那是反義語（antonym）的猜謎遊戲，黑的反語（反義詞的簡稱）是白，但是白的反語是紅，紅的反語是黑。

「花的反語是？」

當我這麼一問，堀木歪著嘴思考著。

「嗯，因爲有家料理店叫花月，所以是月亮。」

「那不是反語，是同義語。星星及紫羅蘭不就是同義語（synonym）嗎？而不是反語。」

「我知道了，那是蜜蜂。」

「蜜蜂？」

「牡丹上……螞蟻？」

「什麼！那是畫畫的題目，不要打馬虎眼。」

「我知道了！花配上堆雲彩……」

「是月上有雲吧！」

「對！對！花上有風，是風，花的反語是風。」

「你眞笨耶，那不是浪花節（以三弦伴奏的民間說唱，類似中國的鼓詞）所用的詞句嗎？我告訴你答案。」

「不，是琵琶。」

「還是不行。花的反語嘛……一般說來是世界上最不像花的東西，你應該可以舉出例子了。」

「所以那是……等等！什麼！是女人嗎？」

「順便問一下，女人的反語是？」

「內臟。」

「你實在太不懂詩詞了。那麼，內臟的反語是？」

「牛奶。」

「這個嘛，有點不錯。趁著這勁頭再舉一個，那麼恥辱的反語呢？」

「不知恥，是流行漫畫家上司幾太。」

「那堀木正雄呢？」

此時二人漸漸地笑不出來了，是酒醉時所特有的，彷彿是腦海中充斥著酒瓶玻璃碎片般陰鬱的氣氛。

「別吹牛，我還沒像你一樣遭受被囚禁的恥辱呢！」

此時，心爲之一震。原來堀木的內心並不是把我當個正常人來看待，而只是解釋爲自己險些死了，不知廉恥的混蛋，也就是「行屍走肉」的妖怪罷了，然後因他一己的快樂而盡可能利用我可以爲他所利用之處，我們的「交友」僅限於此。

一想到此，我一點好心情也沒有，但是，我重新思考堀木這樣看待自己也是理所當然的，自己從昔日開始就像是連做人的資格也沒有的小孩，所以連堀木也會輕視我，或許這也是合乎情理之事。

我裝出若無其事般的表情說道：「是罪。那麼，罪的反語是什麼呢？這是個難題。」

「是法律。」

堀木坦然地答道，所以我重新看著堀木的臉。附近大樓忽明忽滅的紅色霓虹燈光照射在堀木的臉上，看起來猶如像魔鬼刑警般的威嚴，爲此自己也深深地目瞪口呆：「所謂的罪，不是你指的那種東西吧？」

罪的反義語是法律！但是世間的人們或許都有這樣簡單的想法，裝模作樣過生活。他們以爲在沒有刑警的地方，罪惡就會蜷伏其中。

「那麼，那是什麼？是神嗎？我覺得你身上好像有點耶穌的味道存在，這眞是令人感到討厭耶。」

「嗯，別這麼輕易地把我歸類唷，我們再想一想看吧！不過，這不是個很有趣的題目嗎？針對這題目其中的一個回答，就覺得可以了解此人的全部。」

「怎可能呢？……罪的反語是善，善良的市民。換句話說是像我這種人。」

「別說笑！不過善是惡的反語，不是罪的反語。」

「罪與惡不一樣嗎？」

「我認爲不一樣，善惡的概念是來自人類所創造出來的，人類擅自創造道德這個詞彙。」

「少囉嗦了！那麼的話，果然還是神吧。是神、神。無論如何，若當成神就不會有錯了。肚子好餓哦！」

「良子現在正在樓下煮蠶豆。」

「太感謝了，那是我最愛吃的東西。」

他二手交叉在腦後當枕頭，面向上橫躺著。

「你啊，好像對罪惡這東西一點興趣也沒有。」

「那倒是。因爲我又不像你這種罪人，我再怎麼風流也不會讓女人去死，或者掏光女人的錢。」

即使在我內心深處有個微弱但使勁地抗議聲：我沒有讓女人去死，也沒有花光女人的錢，不過，我又犯了一個改不掉的壞毛病，馬上念頭一轉：「不！那是我不好。」

自己怎麼也無法直接了當地辯駁，我不時地拼命地壓抑伴隨燒酒酒精那陰鬱的醉意而產生的險惡的心情，宛如自言自語說道：

「但是，只是待在牢房中，那說不上是一種罪。若要了解罪的反語，我覺得要能抓住罪本身的實體……神……愛……光……但是神的反語是撒旦，又得救的反語是苦惱，愛之於憎恨，光的反語有黑暗，善與惡、罪與祈禱、罪與懺悔、罪與告白、罪與……嗚呼，全都同義語，那罪的反語是什麼？」

「罪的反語是蜂蜜，像蜂蜜般甘甜。肚子餓了啦！你去拿點吃的上來。」

「你自己去拿不是很好嗎？」

這是我有生以來第一次發出爆怒的聲音。

「好！那麼我到樓下和阿良二人一起犯罪去，與其辯論不如實地查證，罪的反語是蜜豆，不，是蠶豆吧？」

他幾近喝醉了酒，連話都說不清了。

「隨便你。快滾一邊吧！」

「罪與空腹、空腹與蜜豆，不，這是同義語吧！」

他邊站起身來邊胡言亂語地說。

罪與罰。杜斯妥也夫斯基，腦海中的某個角落突然掠過這個念頭，若是杜斯妥也夫斯基先生沒想到罪與罰是同義語，而將之列爲同語的話，又將是怎樣的情況呢？罪與罰絕對是不相通，且是水火不相容。將罪與罰思考爲反語的杜斯妥也夫斯基腦海中的那股發青淤泥、腐爛池水、亂麻般的深底……啊！我開始頓悟了，不！還沒……頭腦中的思緒像是走馬燈般不停地轉動著。

此時，堀木的聲音及臉色都變了，說道：「喂！眞是無可救藥！什麼蠶豆。快來！」

堀木才剛晃晃蕩蕩地站起身來，又退了回來了。

「什麼？」

空氣中漾著異乎平常般的殺氣騰騰，二人從頂樓走下到二樓，又從二樓來到樓下自己的房間的樓梯中。

堀木突然停下腳步，用手指著並小聲說道：「你瞧！」

房間裡的小窗戶是開著的，從那可以看到房間的一切，裡面是亮著電燈，有兩隻動物。

當我看到此情景時突覺頭昏目眩、胸口一陣劇烈地呼吸，且喃喃自語：「這也是人間的姿態，這也是人間的姿態。」我並沒感到震驚，我也忘了要幫助良子，而獨自佇立在樓梯中一動也不動。

堀木大聲地咳了一下，而我則一個人像是逃命似地跑向頂樓，横躺著仰望濕氣很重的夏夜星空，此時襲上心頭的不是生氣，也不是厭惡，更不是悲傷，而是淒慘的恐怖感。

那也不是遇到墳墓幽靈等的恐怖，也許像是神社杉木林裡碰到白衣女鬼時的感覺，那是無法言語且是種古代式的猛烈恐怖感，我的少年白髮也從那一夜開始泛白，我漸漸地全都失去信心，也漸漸地像無底洞般對人產生懷疑，對這世間汲汲營營的一切生活所感到的期待、喜悅、共鳴等，彷佛在一夜之間都離我遠去，事實上，那是我一生中關鍵性的事件。

我正面所受到的傷口，又從那以來不管與任何人每每一接近時，那個傷口就隱隱作痛。

「我眞同情你，但是，你也要因此而有所領悟吧！我不會再來你家了。簡直像地獄……不過，你要原諒阿良，反正你也不是像樣正經的傢伙，我先失陪了。」

堀木不會愚蠢到老待在一個難爲情且不愉快的地方不走。

自己也站了起來，獨自喝著燒酒，而後「嗚！嗚！地」放聲大哭，能哭多少就多少。

不知何時，良子端來像山高的蠶豆，茫茫然地站立在我背後。

「他說因爲什麼也沒做……」

「夠了。什麼都不要說了，你不懂得要懷疑他人，坐下，一起吃蠶豆吧！」

我們倆並肩坐著吃起豆子來。嗚呼！信賴是一種罪嗎？對方是找我畫漫畫的人，還會裝模作樣留下一點錢，是個三十歲左右沒唸過書且個子矮小的商人。

眞不愧是商人，從那之後再也沒來過了。而我也不知爲什麼，比起對那商人的憎惡，不如說讓我當初發現此事時，而並沒立即大大乾咳也沒做任何事，就這樣返回頂樓去通知我的堀木，令我產生更多的厭惡與怒火，而我在失眠的夜晚更不由得輾轉呻吟起來。

沒什麼原不原諒，良子是個對他人深信不疑的人，因爲不懂得懷疑別人，但是正因爲此，而招來更大的悲慘。

仰望向蒼天，信賴是種罪嗎？

對我而言，與良子被玷污的事相比之下，良子的信賴被染黑一事更成爲我日後很難活下去的苦惱因子。

像我這種下流，成天提心吊膽、恐懼不安，只是看他人的臉色，對他人的信任出現裂痕的我而言，正因爲良子無垢的信賴心，才會讓我感受到像青葉瀑布般清新舒服。但是那一夜起，這卻變成黃色的污水。瞧！良子從那夜起對我的一顰一笑就變得非常地費心。

「喂！」

當我叫她時，她似乎眼睛不知要往哪裡擺似的驚慌失措。無論自己再怎麼逗她笑，再怎麼滑稽搞笑，她也戰戰兢兢、不知所措、畏首畏尾，和我說話時也過度地使用敬語。

果然，無瑕的信賴心乃是罪的根源。

而我則尋找各式各樣有關妻子被侵犯的書籍來看，但是，我想沒有一個女生像良子一樣悲慘地被侵犯，這根本不像個故事或什麼的，也許若那個子矮小的商人及良子之間還有一點類似愛戀的感情在的話，我的心情反而因此而得救，然而，那一夏夜，正因良子的信賴，自己卻受到前所未有的傷害而哭得聲音嘶啞了，頭髮開始白了起來，而良子則一生必須提心吊膽地過活。

大部分故事的重點似乎都放在妻子所做的「行爲」是否得到丈夫的原諒？而那對自己而言，我認爲彷彿並不是那麼苦不堪言的大問題，保有原不原諒等權利的丈夫才是幸福的嗎？若是認爲難以原諒的話，而沒任何的大吵大鬧，迅速地和妻子離婚，再娶一個新的妻子，那又如何呢？甚至覺得若是不能做到這樣的話，就得克制忍耐著，即是所謂的「原諒她」，不管怎樣都要用丈夫的威嚴來平息來自四面八方的言論。

換言之，儘管類似那樣的事件對丈夫而言確實是相當大的震撼，但我覺得就算是「震驚」，也是與無止盡、來回不停地沖擊拍打岸邊的波浪不同，只要單憑靠握有權利的丈夫之怒氣，無論如何也能處理這麻煩事。

但是，若換成自己發生此事時，一想到丈夫並沒任何權利時，就覺得全都自己不好，怎能憤怒呢？

一句蠢話都沒說的妻子，又因爲她所擁非常稀有、與生俱來皎好外貌、氣質受到侵犯，而且這美貌，正是丈夫以前所憧憬的純淨潔白的信賴心，令人忍不住對她心生憐惜。

純淨無瑕的信賴是種罪。

甚至對唯一依靠的美貌也抱著懷疑，自己變得全都不懂了，所趨之處只剩酒精了。自己臉上的表情變得極度地貪婪、下流，從一早就開始喝酒，牙齒也紛紛掉落，連漫畫也畫得幾近猥瑣的畫。

不，說明白一點，自己從那時開始，就私自畫起春畫的翻本，因爲急欲想要賺取酒錢。

一看到總是遠離自己視線範圍且膽顫心驚的良子，我開始心生疑惑：這丫頭眞是不知道警覺心的女生，因此和那個商人的關係應該不止一次吧？又，堀木呢？不，或者和自己不認識的人也有一腿吧？

儘管如此深信，但還是沒有想問清楚的勇氣，只能一如往常的不安及恐怖令思緒難受得沸騰。但只能利用喝醉酒，戰戰兢兢試著帶著些微卑屈的態度套話訊問，而內心愚蠢則一喜一憂，表面胡亂地搞笑，然後對良子施以猶如地獄般地愛撫，又像爛泥般熟睡而去。

那年的歲末，深夜我喝個爛醉回家，想喝杯糖水，由於良子好像睡著了，於是我到廚房隨便找砂糖罐，打開蓋子一看，並沒有任何的砂糖，倒是裝了黑色細長型的小紙盒。我無意中伸手去拿，我看到那盒子上所貼的標籤而當場愣然不已。那標籤有一半以上被用指甲剝落了，但是英文的部分還留著，那上面清楚地寫著：DIAL。

安眠藥。平時我則專注於燒酒，用不到安眠藥，但是失眠是我長久以

來的老毛病，所以對安眠藥相當熟悉，這盒安眠藥的量照理說確實會讓人致死，而盒子上的封口當未被拆過，但一定是良子想要找一天尋死時要用的，而先剝掉標籤而將它藏在這裡。

可憐的丫頭不認識標籤上的英文字母，所以用指甲剝掉一半，以爲這樣就沒問題了吧！（妳是沒有罪的。）

我不出任何聲響悄悄地在杯子裡裝滿水，然後，慢慢地打開盒子的封口，一口氣全倒入自己的嘴裡，沉著地喝完那杯水，熄了燈後就這樣沉睡而去。聽說三天三夜我就像死去般。醫生認爲是過失，正猶豫是否把我送給警察，聽說我一睜開眼睛，昏昏沉沉的第一句夢話是「我要回家」，所謂的家是指哪裡呢？連我本人也不知道，總之說完後就哭得很傷心。

漸漸地意識清楚了，仔細端看，比魚目非常不愉快地坐在枕邊。

「上回也是歲末發生的事。正值忙得頭昏眼花的時節，他卻總愛挑在歲末發生這種事，我的命可承受不了。」

聽著比目魚講話的是京橋酒吧的老闆娘。

「老闆娘。」我叫道。

「嗯，怎麼了？有感覺了嗎？」老闆娘臉上堆滿笑容說道。

而我卻淚流滿面：「讓我和良子離婚。」

出乎意料之外，自己竟冒出這句話。

老闆娘一起身，幽幽地嘆了一口氣。接著，我又是一句連我自己都想不到的滑稽且笨蛋至極，難以形容的冒失話。

「我要去沒有女人的地方。」

比目魚先放聲地大笑：「哈！哈！哈！」

老闆娘也跟著嗤嗤地笑了出來，而我則一面流著淚，一面紅著臉苦笑。

「嗯，那再好不過了。」比目魚總是邋裡邋遢地笑著說：「你最好去沒有女人的地方。若有女人的話，你什麼事都不行，去一個沒有女人的地方，這眞是好主意。」

沒有女人的地方。但是，我這句傻瓜般的話，後來竟非常悲慘地實現了。良子似乎是因我代替她喝了毒藥，而對我比以前更加地恐懼，即使我說什麼，她也始終不笑，而且連話都說不好，因此我待在那公寓的房間裡也覺得更加沉悶，忍不住逃到外頭去，依然喝著便宜的酒。

但是那安眠藥事件以來，我自己的身體急劇瘦弱，手腳變得很懶倦、無力，連漫畫的工作都懶得提筆了。

那時，比目魚來探望我時所留下的錢（比目魚告訴我那是澀田的一點心意，他當做是自掏腰包拿出錢來一樣，但是這好像也是從家鄉的哥哥們寄來的錢。此時的我與當時從比目魚家逃跑不同，因為我彷彿可以隱約地看穿比目魚裝模作樣地演假戲，我也不甘示弱狡猾又佯裝很擔心，出神入化地為這些錢對著比目魚道謝，但是對於比目魚為何搞這麼繁雜計謀的動機卻感到似懂非懂，然而一點也不覺得奇怪），我下定決心用這筆錢獨自去南伊豆溫泉度假。我並不是那種可以徜徉在悠長溫泉中的個性，但是一想到良子便無止境的感到孤寂，這與從旅館的房間遠眺山林，讓人有一股沉穩的心境相差甚遠，我連棉袍也沒更換，也沒去泡溫泉，便跑向戶外，到了一間有些骯髒的茶店去，沉浸在燒酒中，身體的狀況愈加地糟糕，只好返回東京。

東京是下著大雪的夜晚。我醉醺醺地走在銀座街頭，嘴邊反覆喃喃地唱著：「此處離家幾百里，此處離家幾百里。」用腳尖踢亂堆積在地上的雪，突然間我吐了，那是我第一次吐血，吐在雪的上面，猶如出現一面大大的日本國旗。我蹲了好一陣子，然後用雙手掬起沒弄髒的雪，邊洗著臉邊哭泣著。

此處是哪裡的小道？

此處是哪裡的小道？

哀傷的女童歌聲，猶如幻覺般，隱約從遠處傳來。不幸，在這個世上有各式各樣不幸的人，不，若說全是不幸的人也不爲過，但是，那些人的不幸，卻可以堂堂正正地對所謂的世間提出抗議，又「世間」也可以很容易地理解，同情那些人的抗議。

不過，自己的不幸由於全是來自自己的罪惡，所以沒辦法對任何人提出抗議，且正當欲言又止、剛要開始提出一句抗議時，就算不是比目魚，世上的所有人們也一定是十分訝異我竟敢說出那樣的話，我到底是不是俗語所謂的「任性自我」呢？抑或反之太過軟弱了呢？就連我自己也不能明瞭，總之是極端罪惡似地，從頭到尾我只是變得更加不幸，連防止不幸的具體方法都沒有。

我站起身來，心想有何適當的藥，於是進入附近的藥店，在與老闆娘打照面的瞬間，老闆娘像是沉浸在閃光燈下似地抬起頭瞪大眼睛，在原處呆立不動。但是，那瞪大的雙眼裡看不出驚愕的神色，也沒有嫌惡的眼神，幾近像求救般仰慕的眼色。

正當我心想著：「啊！這個人也更是不幸的人」，因爲不幸的人會對他人的不幸也特別敏感時，忽然我察覺到老闆娘拄著松木拐杖不俐落地站立著。我壓抑我想跑到她身旁的念頭，再度和老闆娘對看的同時，我的眼淚奪眶而出，於是乎，老闆娘大大的雙眼也熱淚盈眶。

就這樣，我一句話也沒說就跑出那藥店，踉踉蹌蹌地回到公寓來，良子弄了鹽水給我喝下後，我安靜地睡去，隔天也謊稱感冒而睡了一整天。

到了晚上，自己則因暗中咳血之事感到難以忍受地不安，於是起床出門，再度來到了那藥店，這次是笑著且誠實地對老闆娘說明、商量自己過去以來的身體狀況。

「你一定要戒酒。」

我們感覺好像親人一樣。

「也許我已經變成融入酒精中了呢，就像現在也很想喝。」

「不可以。我丈夫明明得肺結核，說什麼可以用酒精來殺菌，整天沉溺在酒中，自己因此而縮短了自己的性命。」

「我感到非常地不安，又害怕得不得了。」

「我給你藥，只有酒請戒掉。」

老闆娘（是個寡婦，有個兒子，好像就讀千葉或哪裡的醫科大學，不久和父親患同樣的病，目前休學住院中，家裡還躺著中風的公公，老闆娘五歲時就因小兒麻痺而造成一隻腳完全不能走路）拄著松木拐杖叩叩叩地走路，一會那邊櫃子、一會這邊抽屜，拿出各種藥材來爲我配藥。

這是造血劑。

這是維他命注射液，注射器是這個。

這是鈣片。為了不傷腸胃，配上澱粉劑（Diastase）。

這是什麼，那是什麼，她充滿愛情為我說明這五、六種藥的名稱。但是對我而言，這不幸的老闆娘的愛情實在太深了，最後老闆娘說：「無論如何想喝酒，又無法忍住時，就吃這藥」，她立即用紙包好裝成小盒子。

是嗎啡注射液。

老闆娘也說這總比酒還無害，而自己也深信不疑，另一個理由是酒醉後所產生難得的不潔感，還有可以從酒精這個撒旦手裡逃離出來且久未出現的喜悅，讓我毫不猶豫將嗎啡往自己的手腕注射下去。不安、焦慮、靦腆全都漂漂亮亮一掃而空，自己也成為極活躍的善辯家。然後，每一注射後，我完全忘了身體的虛弱，而全神貫注於畫漫畫的工作上，自己還曾有過一面畫漫畫，一面還會捧腹大笑的古怪趣事。

我原以為一天一支，但一天增加到二支、四支時，自己已經變得沒有注射它而無法工作的程度了。

「不可以唷！若是酒精中毒的話，那麼就很嚴重了。」

被老闆娘這麼一說，我意識到自己已經是個中毒的患者（實際上自己是一個會受屈於他人的暗示，一旦有人說不可以用這筆錢唷！也會覺別人的意思是：那是你自己的事。我就會有那種總覺得不用的話是不好的，而心生起不用才是背離期待的錯覺，一定會馬上用完那筆錢），因爲中毒的不安，反而變得想要更多的藥品。

「拜託！再給我一盒。錢月底我一定給妳。」

「什麼時候付錢都無所謂，但是警察那邊很煩耶。」

啊！自己的周圍總是纏繞著混濁黑暗、可疑的見不得人（私生子、有前科者）的跡象。

「老闆娘，拜託妳想個辦法幫我欺騙一下警察嘛。我來親妳一下！」

老闆娘的臉都漲紅了。

我乘機說道：「沒有藥的話，工作一點也無法順利進行唷！對我來說，那像是強心劑一樣。」

「那麼的話，你注射賀爾蒙就可以了吧！」

「不要把我當笨蛋，若缺少酒或藥的話，我就無法工作了。」

「酒是不行的。」

「是嗎？至於我嘛！自從使用那藥之後，就滴酒不沾了。託那的福，身體的狀況相當地佳，且我並沒有想一直畫著這種非常拙笨、低級漫畫的打算，今後，把酒戒了，養好身體，好好用功，一定畫出偉大的漫畫讓妳看看，而現在是最重要的時刻。因此，拜託妳囉。我親一下妳嘛。」

老闆娘笑了出來：「眞傷腦筋耶。若中毒了，我可不管你唷！」

她叩叩叩地拄著拐杖，從櫃子中拿出藥來。

「不能給你一整箱，因爲你會馬上用光，只能給你一半。」

「眞小氣，嗯，拿妳沒辦法。」

我一回到家馬上拿出一瓶來注射。

「你不痛嗎？」

良子提心吊膽地問著自己。

「那很痛啊。但是，爲了提升工作效率，即使再討厭也必須要注射。我這陣子非常有精神吧！好！工作，工作。」

我高興地嚷嚷著。

我曾經在夜深時去敲藥店的門，我會突然抱住並親吻穿著睡衣、叩叩叩拄著拐杖出來開門的老闆娘，然後模仿哭泣的樣子。

老闆娘默默地遞給自己一箱藥。

當我深深地感受到這藥品也像燒酒一樣，不，比酒更甚，是個令人作嘔不潔的東西時，自己完完全全已經是個中毒的患者了。眞是不知恥到極點，自己一味地想得到那藥物，又開始模仿起春畫，然後甚至還和那藥店殘障的老闆娘結下了如文字般醜陋的關係。

好想死，更想一死了之，已經到了無法救藥的地步了，即使我鑽牛角尖想著：「不論做何事，做什麼，只會得到不行的結果，只是醜上加醜罷了，騎著腳踏車到青葉的瀑布等等，都是自己無法再奢望的事了，只是不斷地重複著髒骯、下流的罪名，只是苦惱更增加及強烈罷了，好想一死百了，一定要死，活下去是罪的根源」等等，儘管腦海中這麼想著，但也依然只能以半瘋狂的姿態往返於公寓與藥店之間。

不論做多少工作，那藥的使用量也隨之增加，所以為了買藥借了極端令人感到可怕般高額的錢，老闆娘一見到我的臉就不禁地湧出淚水來，而我也跟著嚎啕大哭。

地獄。

這是為了逃出地獄的最後方法，若失敗的話，之後就只有上吊一途，猶如下了有神存在賭注的決心，寫了一封很長的信，將自己的一切實情（但有關女人的事都沒提起）一一向父親告白了。

然而，結果卻變得更糟，無論怎麼等待也等不到任何的回音，由於自己的焦慮及不安，反而更加重了注射劑的藥量。

今晚，一口氣注射了十瓶，然後跳入大河好了。那天下午，正當暗自感到有此覺悟時，比目魚像有第六感似地嗅出不尋常的味道，帶著堀木出現在我面前來。

「聽說你咳出血來了。」

堀木在自己面前大模大樣地說著，臉上掛著迄今從沒見過的親切笑容。那親切的微笑是這麼難得、這麼高興，我不自覺地把臉背過去，流下淚來。而且，那其中的一個親切的微笑，都把我徹徹底底給打敗了，之後我也完完全全被拋棄了。

我被迫坐上車子。總之，務必要住院。比目魚也用心平氣和的語氣說道（那語氣相當冷靜，到我想用慈悲至極來形容之），並且勸告我說：

「以後就交給我們」。

我彷彿是個沒有意志力，也沒有判斷力的人，盡是一面抽泣一面唯唯諾諾地聽從這二人的命令，連同良子四人，我們在車上搖晃了相當長的一段時間，天色漸漸變黑時，車子才抵達了森林中大醫院的門口。

我一直以爲那是療養院（sanatorium）。

我接受年輕醫生非常和藹可親且愼重的診斷，接著醫生帶點靦腆般的微笑道：「嗯，先在這裡靜養一陣子。」

比目魚、堀木及良子決定將我留在這裡後就回去了，良子遞給我放了換洗衣物的包袱，然後默默地從衣帶間拿出注射器及剩下的藥，果然，她一直以爲那是補精。

「不，我不再需要了。」

事實上，眞稀奇。若說自己出生以來就這麼一次婉拒他人的建議也不爲過。自己的不幸就是來自無法拒絕別人的不幸，若拒絕他人的建議的話，不論是在對方的心或是自己的心裡，永遠都有一道無法修復白色的裂痕在，我受到如此的恐怖威脅著。但是，實際上自己那時卻自然地拒絕那在半瘋狂的狀態下求來的嗎咖，大概是被良子的「神般的無知」所擊敗了吧？在那瞬間，自己已經不是中毒了，不是嗎？

但是，之後我隨即被那有靦腆般微笑的年輕醫生帶往某棟病房，咔喳一聲上了鎖，這是精神病房。

我要到沒有女人的地方。這句在喝了安眠藥後自己說了一句愚蠢的話，竟然就這麼奇妙般地實現了。

那棟病房裡全是男瘋子，護士也是男的，而且一個女人也沒有。

現在自己哪談得上是罪人，簡直是瘋子。不，可斷言我並沒有瘋，我不曾一瞬間瘋掉過。但是，啊！聽說瘋子都這樣說自己。換句話說，似乎待在那醫院的人都是瘋子，不在此的人都是普通人。

問神。不抵抗是罪嗎？

對於堀木那不可思議美麗的微笑，我自己都哭了，忘了判斷與抵抗就搭上車子，然後被送到這裡來，變成瘋子一事。現在，即使從這裡逃跑出去，自己還是瘋子，不，會被打上廢人的烙印。

我失去身爲人的資格了。

我已經完完全全不是人了。

來到這裡是初夏，從鐵窗戶依稀可以見到醫院庭院中小池糖盛開著睡蓮。而後經過了三個月，庭院中的大波斯菊開始開花了，突然故鄉的哥哥帶著比目魚來領我回去。

哥哥如同往昔般嚴肅的口氣對我說：「父親在上個月末因胃潰瘍而過世了，我們也不去追問你的過去，你也不用擔心生活上的事，什麼都不做也可以，相對的雖然你還有很多依戀，但是你要儘快離開東京，在鄉下開始過靜養生活，你在東京所闖出大禍，照理說大都是澀田先生幫你善後，因此你也可以不用擔心那些。」

我好像覺得可以見到家鄉的山河般，微微地點點頭。

眞是個廢人。

當我得知父親過世一事後，就漸漸變得無精打采。父親，不在了，在自己胸口中片刻不離、又懷念又恐懼般的存在，也已經消失無蹤了，感覺到自己苦惱的罐子也空空如也。

我甚至認爲自己苦惱罐重複地自暴自棄，該不會也是父親的緣故吧？我簡直像洩了氣的皮球，連苦惱的能力都失去了。

大哥確實履行了對我的約定。離在我出生長大故鄉的南邊開車約四、五個小時處，即在東北少見且暖和的海邊溫泉地，在離村落有點距離的郊區，他爲我買了五間長的房子，猶如相當老舊的房子一樣，牆壁剝落，柱子也被蟲所蛀，是間幾近無法修理的茅草屋，還安排一個年近六十頭髮紅色的醜陋女傭人來照料我的生活起居。

之後過了三年，在那段期間，我被那位叫做阿哲的老女傭人侵犯了數次，偶爾我們還像夫妻般吵架。

我的肺病忽好忽壞，身體時瘦時胖，有時還會咳血，昨天我還要阿哲去村子的藥店買安眠藥，她買回來的盒子和以往的不同，而自己也沒特別介意，睡前我服下十顆，根本無法入睡，正當覺有異時，肚子突然一陣奇怪直跑向廁所，猛烈腹瀉，而且之後還連跑三次廁所。我不禁懷疑，於是仔細瞧瞧藥的盒子，才知那是叫 Henomochin 的瀉藥。

我仰睡，在肚子上放熱水袋，心想一定要好好責罵阿哲。

「這不是安眠藥。是叫 Henomochin。」

一開口便忍不住大笑。總覺得「廢人」這個詞大概是個喜劇名詞吧！

我因想要睡覺而誤喝了瀉藥，而且瀉藥的名字是 Henomochin。

現在的自己沒有幸福，也沒有不幸。

只是一切都過去了。自己至今像人間地獄般過活著，在所謂「人間」的世界中，唯一讓我覺得像眞理的只有一個。

只是一切都過去了。我今年二十七歲。白髮也急速增加，所以大多數的人以爲我已經四十好幾了。

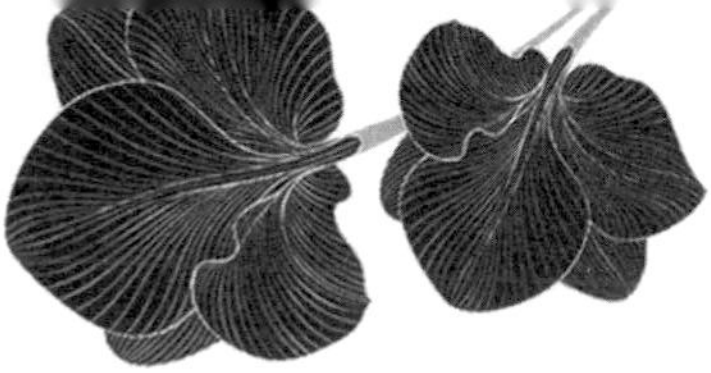

後記

我們所認識的阿葉是非常正直、相當機靈，
若是不喝酒的話，不，就算喝了酒……
他也是個像神一樣的好孩子。

我並沒有直接認識描寫這手札的狂人。

但是，我稍微知道這手札中所出現的京橋酒吧的老闆娘，是個身材嬌小、氣色不甚佳、眼睛稍稍往上吊且鼻子很高的女人，與其說是美女，不如說是美少年要來得較呆板的感覺。

手札中的時間讓人感覺在描述昭和五、六、七年時東京的景物，但我曾二、三次被朋友邀請順道前往這位於京橋的酒吧去喝摻蘇打水的威士忌，當時是昭和十年左右，也是前面所提日本「軍人」已漸潮明目張膽、大肆活動的事了，因此，我並有沒與寫這手札的男人碰面的機會。

不過，今年二月我去拜訪了搬遷到千葉縣船橋市的某位友人。這位朋友是我大學時代所謂的同窗，而現今是某女子大學的講師，實際上我是去拜託這位朋友幫親戚說媒，還有心想可以順便買些新鮮的海產給家人吃，於是背起旅行袋前往船橋市。

船橋市是個面臨泥海的大城鎮。即使向當地詢問新搬來朋友的所在地，他們也不太清楚。

除了寒冷外，背著旅行袋的肩膀也愈加疼痛不已，正當此時，我突然被唱片機的提琴聲所吸引，而不由自主地走進了某間咖啡館。

那兒的老闆娘有點面熟，一問之下，始知是十年前在京橋開小酒吧的老闆娘。老闆娘好像也是很快就回想起我來，二人相當驚訝地笑了起來，我們並沒有像當時會互相問候被空襲燒得無家可歸等的經驗，卻非常自豪地互相聊道：

「妳可是都沒變。」

「才不呢！我已經是老太婆了。身體也不堪負荷了。你才是呢，這麼年輕。」

「哪兒的話，我小孩都三個了呢！今天是專程來爲那些小鬼們買東西的。」

就像許久未見的朋友相互制式的寒暄問候彼此，接著詢問起兩人共同認識的朋友近況，忽然老闆娘改變語氣問道：「你認識阿葉嗎？」

當我一回答：「我不認識」時，老闆娘便走到裡面去拿了三本筆記本及三張照相交給我便說道：「也許可以成爲小說之類的材料。」

由於我是那種當別人強塞給我寫作材料時，無論如何也寫不出東西來的人，所以正想當場退回去時，（對於三張照片的奇怪處，在前言已交代過了）我心卻被那三張照片深深的吸引住，總之決定把筆記本先收著，回程時再順道過來還。

當我詢問老闆娘知不知道住在某鎮某號且在女子大學教書的某先生時，果然都是新搬來的，所以彼此互相認識，據說偶爾會到咖啡店裡來，家就住在這附近。

那晚和友人稍稍對飲小酌，決定在朋友家住一晚，而我一晚都無法入睡，埋頭閱讀那本筆記本。

那手札上所描寫的是以前的事，但即使現代人讀了，一定還是一樣充滿了興趣。我覺得比起我笨拙地加上幾筆修飾，倒不如原原本本將它刊登發表在雜誌社要來得更有意義。

帶給小孩子們的禮物只有魚干。我包起旅行袋向朋友告辭，順道經過之前的那家咖啡店：「昨天眞是謝謝妳。嗯……」我立刻開口說出：「這本筆記本可否借我一陣子？」

「沒問題，請拿去！」

「這個人還活著嗎？」

「這麼嘛，我完全不知道。約十年前，這本筆記本及照片包成包裹寄到我在京橋的店裡，寄件人一定是阿葉，但是在包裹上並沒註明阿葉的地址及姓名。空襲時混在其他東西裡，不可思議地保存下來了，我也是前陣子第一次全部讀完……」

「妳哭了嗎？」

「沒，說是哭，倒不如說……不行！人變成那樣就已經不行了。」

「在那之後經過了十年了，也許人已經不在人間了，這大概是打算當成禮物而寄給妳的吧。雖然之中也有些誇大的地方，但是好像連妳都受到他相當大的傷害。若全部是事實的話，而我，又是他朋友的話，也許也會想帶他去精神醫院吧。」

「是那個人的父親不好。」

老闆娘無意識說出這話。

「我們所認識的阿葉是非常正直、相當機靈，若是不喝酒的話，不，就算喝了酒……他也是個像神一樣的好孩子。」

【附錄】

小丑之花

葉藏遠遠的俯視大海。
腳底下就是三十丈深的斷崖，
江之島在正下方，小小的隱約可見。
在濃濃的晨霧深處，
海水上下起伏的波動著。

過了此地，就是悲傷的城市。

朋友全都離我而去，用悲傷的眼神看著我。朋友啊！和我說話吧！嘲笑我吧！啊！朋友空虛的背過臉去。朋友啊！問我吧！我什麼都會告訴你呀！是我用這雙手把阿園沉入水中的。因爲我那惡魔般的傲慢，所以才會祈求就算自己沒死，至少阿園也要死。還要再說嗎？啊！可是朋友卻只是用悲傷的眼神看著我。

大庭葉藏坐在床上，看著海面，海面因爲下雨而變得迷迷濛濛。

從夢中醒來，我反覆朗讀這幾行文字，對於它的醜陋與下流，感到哀痛萬分。哎呀！誇張到極點了！第一，大庭葉藏到底是何方神聖？他並不是因酒而醉，而是醉心於其他更強烈的東西，我爲這位大庭葉藏鼓掌。此姓名與我小說中的主角相當吻合。大庭將主角的不尋常氣魄完全表露無遺。葉藏另外給人有種新鮮的感覺，可以感覺出一股從陳腐深處湧出的眞正新鮮感。而且大庭葉藏這四個字一字排開，是如此愉快、調和。從此一姓名看來，不已是劃時代之傑作了嗎？這位大庭葉藏坐在床上，遠眺雨中迷濛的大海。這不更是劃時代之傑作嗎？

猜測、嘲笑自己是件下流的行爲，這是來自不必要的自尊心的想法。現在即使是我，爲了不讓別人說話，首先就必須先在自己身上釘釘子，這才是懦弱。必須更誠實面對才行。啊！就是要謙遜。

大庭葉藏。

被人嘲笑也是無可奈何的事。不自量力，只知一味模仿，被有識之士一眼就看穿了。雖然還有更好的姓名，但對我而言，稍嫌麻煩。乾脆用「我」好了，可是我在今年春，才剛寫了一本用「我」作爲主角的小說，如果再次繼續使用，似乎有點不好意思。假如我在明天突然死去，一定會跑出一名莫名其妙的男子，得意洋洋的表示：「那傢伙若不用『我』做主角，就寫不出小說來。」

事實上，正只因爲這個理由，我還是硬用大庭葉藏這個名字。很奇怪嗎？什麼？連你也……

一九二九年、十二月底，在一間名爲青松園的海濱療養院，因爲葉藏的入院而引起一陣小騷動。青松園中有三十六名肺結核患者，其中有兩名重症患者和十一名輕症患者，其餘二十三人則是恢復中的患者。葉藏被安排住在東第一病棟，也就是所謂的特等住院病房，共有六間病房。

與葉藏的病房相鄰的兩間是空房。最西側的六號病房住著一位身材高大、高鼻子的大學生；東側的一號病房與二號病房則各住了一位年輕女子。三人都是恢復期的患者。

前一天晚上，在袂之浦發生自殺事件。明明是一起跳海，男方被返航的漁船給救上來，撿回一命，可是，女方卻失蹤。爲了搜救那名女子，村中的小吊鐘被敲得震天價響，就連消防隊也吆喝著一艘接著一艘的船出動，和漁船一起前往海上搜救，吆喝聲讓三個人聽得心驚膽跳。漁船上所點燃的紅色火光，終夜在江之島的岸邊徘徊，就連大學生和兩名年輕女子，那夜也全都無法入眠。

天亮之後，女子的屍體在袂之浦的岸邊被發現了。短短的頭髮閃閃發光，臉色蒼白而浮腫。

葉藏知道阿園已經死了。就在他被漁船緩緩運回的當時，就早已知道了。他第一句話就問：「在星空下我甦醒了，但女子卻死了嗎？」其中一位漁夫回答：「沒死，沒死，別擔心好了！」總覺得是充滿憐憫的口氣。心想一定是死了，接著又失去意識。

再度睜開眼睛時，已經身在療養院中了。

在狹窄的白色板壁房間中，擠滿了人。有一個人一直在詢問葉藏的身分及其他相關問題，葉藏一一據實回答。天亮之後，葉藏被移往另外一間較廣敞的病房。因爲葉藏的老家一接獲不幸消息，已緊急打長途電話到青松園，加以安排。葉藏的家鄉距離此處約有二百里。

住在東第一病棟的三名患者，對於這名新患者住進鄰近病房一事，感到不可思議的滿足，愉悅的期待今日以後的住院生活。在天空及海面已完全變亮之際，大夥終於入睡。

葉藏並沒有睡，不時緩緩的轉動頭，臉上到處貼滿了白色紗布。因爲

在海中被浪打得四處撞岩石，所以滿身是傷。

有一位年約二十，名叫眞野的護士隨侍一旁。由於在左眼瞼上方有一道略深的傷痕，所以和另一隻眼睛相比，左眼稍微大了些，但卻沒有變醜。紅紅的上唇略微往上翻，雙頰微黑。她坐在床邊的椅子上，遠眺烏雲遍佈的大海，儘量不去看葉藏的臉，因爲實在太可憐了，不忍心看。

接近正午時，有兩名警察來探望葉藏，眞野暫時離開。

兩位都是身穿西裝的紳士。其中一位留著一嘴短鬚，另一位則掛著金邊眼鏡。留鬍鬚的警察壓低聲音，詢問有關阿園的事，葉藏一五一十的回答。鬍子警察將他所說的話，一一寫在小冊子上。

大致上的訊問告一段落後，鬍子警察將身體倚在床上說；「女的死了喔！你是眞的想死嗎？」

葉藏沉默不語。

帶金邊眼鏡的刑警在他那肥厚的額頭上，擠出二、三條皺紋，微笑的拍了拍鬍子警察的肩膀。「好了，好了，夠可憐的了！以後再說吧！」

鬍子警察眼睛直逼著葉藏的眼睛看，勉強的將小冊收進上衣口袋裡。

兩名刑警離開後，眞野趕緊回到葉藏的房中，然而一打開門，卻看見葉藏正在哭泣，於是又悄悄的關上門，暫時站在走廊。

午後開始下起雨來，葉藏已經恢復精神，可以起床獨自去上廁所了。

友人飛驒身上穿著濕外套就闖進病房，葉藏假裝在睡覺。

飛驒小聲詢問眞野：「沒問題吧？」

「是的，已經沒問題了。」

「嚇死人了！」

他彎了彎肥嘟嘟的身體，脫去如油黏土般的外套，遞給眞野。

飛驒是一位沒沒無名的雕刻家，如同樣是無名西洋畫家的葉藏，從中學時代開始就是朋友。一個性情率眞的人，在青春時代，一定會將自己身邊的某個人當成偶像，飛驒也不例外。他一進入中學開始，就常常神往的望著班上的首席生，那名首席生就是葉藏。上課中，葉藏的一顰一笑，對飛驒而言，都並不尋常。此外，他發現在校園的砂山後面，葉藏如大人般的孤獨身影，暗暗的大嘆一口氣。啊！可是那天也是初次和葉藏交談的歡喜日。

飛驒凡事都模仿葉藏，吸菸、嘲笑老師，就連雙手交叉在後腦勺，蹣跚的徘徊在校園中的走路方式，都不放過。因爲他知道藝術家最偉大的理由是什麼。

葉藏進入美術學校，飛驒雖然晚了一年，但仍然考進了和葉藏相同的美術學校。葉藏讀的是西洋畫，而飛驒則特意選擇了塑像科。雖說是深受羅丹的巴爾札克塑像所感動，但這只是在他成爲大師之後，因爲有點介意這段經歷而故意胡扯的，事實上，是爲了迴避葉藏的西洋畫，因爲他有自卑感。

這時，兩人終於開始分道揚鑣。葉藏的身體日漸消瘦，然而飛驒卻略微變胖。兩人的懸殊不只如此，葉藏受某種直接哲學深深吸引，開始鄙視藝術，飛驒卻有些過度洋洋得意，一直不停的說藝術如何如何，連聽的人都反而覺得很不好意思。他經常夢想做出傑作，卻忽略了讀書。

就這樣，兩人全都以不怎麼好的成績畢業。葉藏幾乎捨棄了畫筆，他說繪畫充其量只是在畫海報而已，讓飛驒十分喪氣。他以無望的口氣說：「所有的藝術都是社會經濟機構所放的屁，只不過是生活的一種形式，不論任何傑作都和襪子一樣是商品。」

這些話讓飛驒如墜入五里霧中。

飛驒依舊如以往般喜愛葉藏，雖然對葉藏近來的思想感到隱然有些敬畏，但對飛驒而言，對傑作所產生的悸動是無可比擬的。心中雖然想著這是早晚的事，這是早晚的事，卻只是心不在焉的捏著黏土。

總之，這兩個人與其說是藝術家，倒不如說是藝術品。不，正因爲如此，我才能如此輕易的敘述吧！假如將眞正市場上的藝術家呈現出來，諸君大概看不到三行就吐了吧！我可以保證！然而，你要不要試著寫這樣的小說呢？如何？

飛驒同樣也不敢看葉藏的臉。盡可能謹愼躡足，走近葉藏的枕畔，卻只是盯著窗外的雨勢看。

葉藏睜開眼，微笑，開口說：「嚇了一跳吧？」

飛驒吃了一驚，瞥了葉藏的臉一眼，立刻又閉上眼回答：「嗯！」

「怎麼知道的？」

飛驒猶豫了一會兒，一面從褲袋中伸出右手，來回撫摸他那張寬臉，一面使眼色悄悄的問眞野，可以說嗎？眞野一臉嚴肅的微微搖頭。

「報紙有報導，是嗎？」

「嗯！」事實上他是從收音機的新聞得知的。

葉藏很討厭飛驒的這種不乾脆的態度，心想可以說得更清楚也無妨。一夜天明後，摔了個大觔斗，那些十年來都將我視爲是外國人的朋友，實在很可惡。葉藏又再度裝睡。

飛驒無聊得用拖鞋將地板踩得啪噠啪噠作響，接著又在葉藏的床頭旁站了一會兒。門無聲無息的打開了，身穿制服、身材矮小的大學生突然露出俊秀的臉龐。

飛驒看到之後，才大大的鬆了一口氣。他一面歪斜著嘴角，收起臉頰上的笑意，一面故意悠閒的走向門口。

「剛到嗎？」

「是的。」小菅掛心著葉藏，著急的說。

他叫做小菅。這位男子是葉藏的親戚，就讀於大學的法律系，和葉藏雖然相差三歲，卻是毫無代溝的好友。現在的新一代青年，似乎並不太拘泥於年齡的差距。他正好放寒假回家鄉去，一聽到葉藏的事，立刻搭快車飛了過來。兩人走到走廊，站著說話。

「沾到煤灰了！」飛驒肆無忌憚的哈哈大笑，指著小菅的鼻子下面。列車的煤煙有點沾附在那裡。

「有嗎？」小菅連忙從胸口的口袋中取出手帕，迅速的擦拭鼻子的下方。「怎樣？情況如何？」

「大庭嗎？好像沒關係了！」

「是嗎？擦掉了嗎？」他用力的伸出鼻子下方，讓飛驒看。

「擦掉了！擦掉了！家裡一定引起一陣大騷動吧？」

小菅一面將手帕放回胸口的口袋中，一面回答道：「嗯！大騷動，好像要弔喪似的。」

「家裡有誰要來呢？」

「哥哥要來，可是父親說別管他！」

「這可是件大事哪！」飛驒將一隻手放在不怎麼高的額頭上，喃喃的說。

「阿葉眞的沒問題嗎？」

「出乎意外的冷靜！那傢伙總是這個樣子！」

小菅嘴角似有若無的泛著微笑，側著頭。「到底心情如何呢？」

「不知道！要不要和大庭見面？」

「好啊！可是見了面，又沒話可說，而且——很可怕！」

兩人低聲的笑出來。

眞野從病房走出來。

「被聽到了，請不要站在這裡說話，好嗎？」

「啊⋯他⋯⋯」

飛驒惶恐的拚命將龐大的身軀縮小。

小菅露出不可思議的表情窺視著眞野的臉。

「你們兩個⋯⋯那個⋯⋯吃過午飯了嗎？」

「還沒！」兩人異口同聲回答。

眞野漲紅臉，笑了出來。

三人一起走去餐廳之後，葉藏就起床，眺望雨中迷濛的大海。

「過了這裡，就是空濛之深淵。」

接著又回到最初的開頭部分。可是，連我自己都覺得不恰當。第一，我不喜歡像這樣的時間把戲。雖然不喜歡，還是試試看。過了這裡，就是悲傷的城市。因爲我想將此一平常說慣的地獄門之詠嘆，奉上這令人驕傲的開頭一行。並無其他理由，即使因爲這一行而使得我的小說失敗的話，我是很膽小的，也不會因此產生把它抹去的念頭。故作有勇氣的再說一句，抹去這一行，就等於是抹去我至今爲止的生活。

「思想，你是屬於馬克思主義！」

這話有些愚蠢，卻不錯。這是小菅說的，他一臉得意的說，接著又重新拿好牛奶杯。

四面都貼上木板的牆，漆著白色油漆，東側牆上高掛著胸口佩戴三枚如銅板大勳章的院長肖像畫，下面靜靜的排放了大約十張左右的細長桌子。餐廳空空蕩蕩的，飛驒和小菅坐在東南隅的餐桌，吃著飯。

「實在太激烈了！」小菅放低聲音，繼續說：「身體那麼虛弱，卻如此四處奔跑，是眞的想尋死！」

「行動隊的衝鋒部隊是吧！我知道。」飛驒一面閉著嘴反覆咀嚼麵包，一面插嘴。飛驒並非擺出博學的姿態，而是像這種左派的用語，當時的青年每個人都知道。「可是——並不光是如此。藝術家並不是如此乾脆的人呀！」

餐廳暗下來了，因爲雨勢變大了。

小菅一口飲盡牛奶，然後說：「你只是主觀的判斷事情，這是不行的。畢竟……畢竟啦！一個人的自殺並不是基於本人的意識，而是潛藏有某種客觀的重大理由。家人全將原因歸咎於女人，但我卻說並非如此。女人只是作伴而已，應該另有其他重大的理由，那是像我們這種人所不知道的。連你都說出這種奇怪的話，不可以啦！」

飛驒看著腳邊燃燒著的暖爐的火，嘴裡嘀咕說：「可是……那個女人已經另有丈夫了呢！」

小菅將牛奶杯放下，回答說：「我知道啊！這種事不算什麼啦！對小葉來說，連個屁都算不上！就因爲那個女人已經有丈夫，就殉情自殺，才沒那麼簡單呢！」說完，接著閉著一隻眼睛，瞄準頭上的肖像畫看。「這是這裡的院長嗎？」

「大概是吧！可是，事實如何，只有大庭自己才知道！」

「說的也是！」小菅輕快的表示同意，瞪大眼睛慌張的環視四周。

「好冷啊！你今天要住在這裡嗎？」

飛驒趕緊嘆下麵包，點頭。「要！」

青年們都不是眞心在討論，彼此都儘量注意別去碰觸到對方的神經，同時也極度的保護自己的神經。因爲大家都不想遭到無謂的侮辱。而且，一旦受過一次傷害，就一定會有所顧忌，不想淪爲殺死對方，或自己被殺的地步，所以，才很討厭爭吵，他們總是知道許多敷衍的話。甚至連「不」這一句話，都可以有十種左右的不同用法。而且首先開啓討論的一方，早就已經投出妥協的眼神最後笑著握手，並且在心中嘟噥著：「彼此！彼此！」眞是低能！

我的小說似乎也逐漸癡呆起來了。要不要在此處一轉，同時展開數個場景？並非說大話，你不論說什麼都不靈巧。啊，但願能順利進行下去就好了。

第二天早晨，是個令人愉悅的大晴天。海面風平浪靜，大島上噴火所產生的煙霧，白茫茫的昇至水平線上。不好了！我很討厭描寫景色。

一號房的患者一睡醒，病房中早已充滿初春的陽光。和隨侍的護士互道過早安後，立即量早上的體溫，六度四分，接著便走到陽台，做早餐前的日光浴。打從被護士悄悄的碰觸腰部時開始，早已偷偷的看著四號房的陽台。

昨天才來的新患者，整齊的穿著藏青色碎白花紋的夾衣，坐在籐椅上，眺望大海，大概是太刺眼了，皺著粗眉。沒想到長得竟然如此好看，不時用指甲輕搔臉上的紗布，躺在日光浴用的躺椅上，瞇著眼睛，只有觀察到這些而已，隨後便叫護士拿書來。

《包法利夫人》，平常覺得這本書太無聊，只讀了五、六頁就丟著了，但今天卻真的很想讀。現在讀這本書，真是再適合不過了。拍啦拍啦的翻頁，從一百頁左右開始讀，讀到了不錯的一行文字：「恩瑪很想借著火把的火光，在黑夜中出嫁。」

二號房的患者也醒了。走出陽台做日光浴，突然看見葉藏的身影，立刻又跑進房內。毫無理由的恐懼，立即鑽進床內。一旁的母親，笑著替她蓋上毛毯。二號房的小姑娘，用毛毯將整個頭蓋住，在小小的陰暗中，一雙眼睛閃閃發亮，側耳傾聽鄰房的談話聲。

「是個大美人喔！」接著傳來一陣竊笑聲。

飛驒與小菅都住在那裡，兩人一起擠在隔壁的空病房中的一張床。小菅先醒來，張開惺忪的細長眼睛，走到陽台。斜眼瞥了一下葉藏那稍微恢復元氣的姿勢，接著又尋找讓他擺出這種姿勢的源頭，把頭轉向左邊。在最旁邊的陽台，有一位年輕女子在看書，女子的躺椅背後，正是長著青苔的濕石壁。小菅做了個西洋式的大聳肩後，立刻返回房內，將睡夢中的飛驒搖醒。

「起床啦！發生事情囉！」他們最喜歡捏造事情了，小菅叫道：「小葉擺了個大姿勢！」

他們的會話中，經常使用「大」這個形容詞，或許是在這個無趣的世界上，很想要有點什麼可以期待的事吧！

飛驒嚇了一跳，跳了起來。「什麼事？」

小菅一邊笑，一邊說：「有一位少女哦！小葉擺出他最自豪的側面給她看呢！」

飛驒也開始鬧了起來，兩邊的眉毛都誇張的大大往上跳起來，問小菅說：「是美女嗎？」

「是美女呀！假裝在看書。」

飛驒笑了出來。坐在床上穿上外套，套上褲子，大叫：「好啊！看我來好好教訓一頓！」並非真的打算要好好教訓他，這只是背後說說而已。他們甚至能毫不在乎的在背後說好朋友的壞話，這只不過是順勢脫口而出罷了。「大庭這傢伙，難道想要盡全世界的女人不成！」

過了一會兒，從葉藏的病房裡，傳出許多笑聲，傳遍了整棟病房。一號病房的患者，啪一聲合上書，納悶的望著葉藏的陽台。陽台在朝陽的照射下，只剩下一張閃閃發亮的白色籐椅，一個人也沒有。盯著那張籐椅看，看著看著意識變得有些模糊，打起瞌睡。

二號房的患者聽到笑聲，突然從毛毯中探出頭，和站在枕邊的母親溫和的相視微笑。六號房的大學生被笑聲吵醒了。大學生身旁並沒有人陪伴，獨自住在租屋處，過著窮困卻悠閒的生活。當他發現笑聲是來自昨天新來患者的房間，黝黑的臉不禁紅了起來。他並不認爲這笑聲是輕率的，反倒以恢復期患者特有的寬大心胸，替葉藏的好精神感到安心。

我不是個三流作家吧？似乎太過洋洋得意。竟然想要做不合乎全景式的描述，所以才在不知不覺中洋洋得意起來。不，等一下！有時難免也會發生這種失敗吧！有句話，老早就有人說過了：「人用美麗的感情創造出不好的文學。」總之，我之所以會過度洋洋得意，正因爲我的心並非眞是如此邪惡。啊，這對想出這句話的男子是有利的。這是多麼寶貴的話啊！可是，一名作家一生之中只能使用這句話一次。我總覺得似乎是如此。用一次是撒嬌的話，如果你重複使用兩三次，用它來當作擋箭牌，你就會變得很淒慘。

「失敗了！」

和飛驒坐在床邊沙發的小菅，一說完，便依序看了看飛驒的臉、葉藏的臉，接著是倚立在門邊的眞野的臉，看到大家全在笑，便精疲力竭的將頭滿足的靠在飛驒渾圓的右肩上。

他們經常大笑，就算是沒什麼事也會大聲的捧腹大笑。做出笑臉，對青年們而言，就像是吐氣一樣容易，因爲不知從何時開始，他們已經養成這種習性了。不笑就是一種損失，該笑時，不論多麼細微的事物都不會放過。啊，這才是貪婪的美食主義的虛幻片段，不是嗎？

可是悲哀的是，他們並非發自心底深處的笑，即使笑翻了，也仍會在意自己的姿勢。他們還經常逗別人發笑，這是爲了要在傷到自己之前，先逗別人發笑。這全都是那些虛無之心所引發的，但是，難道不能事先去推測另一個人究竟爲何有如此鑽牛角尖的想法嗎？是犧牲之魂。多少有點自我放棄，也就是無目的的犧牲之魂。他們之所以偶爾還能做出與現今道德規範相妥協，堪稱美談的偉大行動，全都是因爲此一隱藏的靈魂。這些全都是我的獨斷，而且並不是在書房中的摸索，全都是我本身肉體所聽到的。

葉藏仍然在笑。坐在床上，雙腳晃動又很在意臉上的紗布，笑著。大概是因爲小菅的話，實在太好笑了。

他們究竟在閒聊些什麼事呢？在此插上幾句，作爲說明。

小菅趁此次休假，到離家鄉約三里遠的山中某知名溫泉區去滑雪，並且在那裡的旅館住了一夜。深夜，前往廁所途中，在走廊與同樣住宿在旅館中的年輕女子擦身而過。就只有這樣而已，可是，這可是件大事件！

對小菅來說，即使只是短暫擦身而遇，他也覺得必須給那名女子留下非比尋常的好印象。雖然並無其他企圖，但就在擦身而過的瞬間，他可是拚了命的擺出姿態。發自內心的對人生抱持某種期待，在瞬間打量那名女子的全部細節，絞盡腦汁去思索。他們至少每天都會有一次這種令人窒息的瞬間經驗，所以，他們可大意不得。即使是只有自己一個人的時候，也都必須修飾自己的姿態。小菅深夜去上廁所時，甚至還整齊的穿上自己新製的藍外套，才走出走廊。

小菅和那名年輕女子擦身而過之後，深深覺得很慶幸，還好有穿外套出來。大大的鬆了口氣之後，一看走廊盡頭的大鏡子，才發現失敗了。外套底下，露出兩隻穿著微髒細筒褲的雙腳。

「討厭！」他淡淡的笑著說，「細筒褲往上捲起，黑黑的腳毛都露了出來，而且臉睡得有些發腫！」

葉藏內心並沒有笑得如此開心。他認爲這是小菅捏造的，不過他還是大聲的笑。這是爲了對朋友有別於昨日，想努力化解葉藏的不快的那份心意，所做的回饋，所以才特別捧腹大笑。由於葉藏笑了，所以飛驒和眞野也開懷大笑。

飛驒放下心，心想已經可以無所顧忌的說了，卻仍覺不妥而暫時壓抑，因而只是吃吃地竊笑。

得意忘形的小菅，反而輕易的說出口。

「我們只要一碰到女人就被打敗了！就連小葉也是，不是嗎？」

葉藏仍然笑著，卻側著頭。

「是嗎？」

「是啊！死了就不會了！」

「失敗了啊！」

飛驒高興得心跳不已，最艱難的石牆在微笑中崩塌了。此一不可思議的成功，或許還得歸功於小菅那不禮貌的品德，眞的有一股衝動想要緊緊的擁抱這位年少的朋友。

飛驒眉開眼笑的結巴說：「我想失敗與否，很難用一句話來論斷。首先是原因不明。」這下糟了！

小菅立刻加入支援，「這我知道，已經和飛驒做過一場大辯論了。我認爲是因爲思想已窒礙難行所導致的。飛驒卻居然說，這傢伙，裝模作樣的，另有隱情。」

在千鈞一髮之際，飛驒回應：「或許也有這種可能，但卻不只如此而已！總之就是愛上了啦！應該不會想要和討厭的女人一起尋死才對！」

葉藏因爲不想被人做任何臆測，於是口不擇言的趕緊說明，但卻反而讓自己聽來有點天眞。特別成功，暗自放下心來。

葉藏蓋上長睫毛，倨傲！懶惰！阿諛！狡猾！惡德之巢！疲勞！忿怒！殺意！自私自利！脆弱！欺瞞！病毒！雜亂的震撼他的心。說出來吧！故意十分頹喪的發騷。「事實上，連我也不知道！總覺得所有的一切都是原因。」

「了解！了解！」小菅還沒等葉藏把話說完就點頭，「有時候也會這樣！喂！護士不在，難道是知趣的離開？」

我在前面也事先說過了，他們的爭論與其說是交換彼此的思想，倒不如說是爲了愉快的調和當時的情況所做的，根本沒一句是事實。可是，仔細聽了一會兒，不料當中也有值得一聽的部分。他們那些矯情的話語中，經常可以感受到令人驚訝般坦率的聲音。

未經考慮的話當中才眞的隱含一些眞實的事物。葉藏現在口中所說的「所有一切」，或許才是他不小心所吐露的眞心話。他們心中只有渾沌以及無來由的反抗而已。或許該說是只有自尊心而已比較好。而且還是已被磨得很銳利的自尊心，即使稍微吹到一絲微風，都會冷得發抖，一覺得受到侮辱便立即煩惱得想尋死。因此葉藏被問及自己自殺的原因，當然會感到困惑，所有一切都是。

那天中午過後，葉藏的哥哥來到青松園。哥哥和葉藏長得並不相像，十分魁梧壯碩，穿著和服褲裙。

在院長帶路下，來到葉藏的病房前時，聽見房出傳出的開朗笑聲，哥哥佯裝不知的說：「是這間嗎？」

「是的，已經恢復元氣了。」院長邊說邊打開門。

小菅吃了一驚，從床上跳下來，因為他正代替葉藏躺在床上。葉藏和飛驒並肩坐在沙發上，正在玩撲克牌，兩人也趕緊站起來。眞野坐在床頭椅子上，打著毛線，她也趕緊手足無措的收拾起編織器具。

「有朋友來，很熱鬧！」院長回過頭向哥哥小聲說，同時又走到葉藏身旁，「已經好了吧？」

「是的！」回答完，葉藏突然想起悲慘的往事。

院長那雙藏在眼鏡下的眼睛，正在笑著。

「如何呀?要不要待在療養院呀?」

葉藏第一次感到自卑，覺得自己是個罪人，只是微笑以對。

哥哥在這時，一絲不苟的向眞野和飛驒說了句承蒙照顧之後，行個禮，接著又一臉嚴肅的詢問小菅：「昨晚睡在這裡嗎?」

「是的!」小菅搔搔頭說道：「隔壁病房空著，所以昨晚和飛驒君兩人一起睡在那裡。」

「那麼，從今晚起就來我的旅館住吧!我住在江之島的旅館。飛驒先生也一起過來吧!」

「好……」飛驒變得生硬起來，不知該如何處理手中的三張牌，回答道。

哥哥若無其事的轉向飛驒。

「葉藏，沒事了吧?」

「嗯!」故意現出極不痛快的神色，點頭說。

哥哥突然饒舌起來。「飛驒先生，現在大家就充當是院長先生的陪

客，一起去吃午飯吧！我還不曾參觀過江之島呢！想請院長先生充當嚮導，說走就走吧！我還讓汽車在外面等著，天氣眞好哪！」

我後悔了。只讓兩位大人登場，實在太荒謬了。葉藏、小菅、飛驒和我四個人好不容易才把場面炒熱，就連別開生面的氣氛也因爲這兩個大人，變得不成樣子，且枯萎了。我是想讓這篇小說充滿浪漫的氣氛，希望能稍微紓解一下縈繞，在開頭數頁所製造的氣氛，卻藉口處理不當，才會行筆至此，不料卻土崩瓦解了。

原諒我吧！騙你的啦！愛說笑！全都是我特意製造出來的。寫作時，突然覺得這種浪漫的氣氛有點難爲情，所以我才故意破壞的。倘若眞的土崩瓦解成功的話，反而正中我的下懷。

不良嗜好！至今仍困擾我心中的正是這一句話。假如毫無理由便想威懾別人的這種討厭的嗜好稱爲不良嗜好的話，或許我的這種態度也是一種不良嗜好吧！因爲我並不想輸，不想讓人看穿我的心思。然而，這大概是一場不會開花結果的努力吧！啊！或許作家全都是如此吧！即使是眞情告白的言詞，也會加以修飾。難道我不是人嗎？我果眞能過眞正的人類生活嗎？雖然我是這麼寫，但卻依然很在乎我自己的文章。

將一切全都揭穿出來。事實上，我在描寫這篇小說的每一段中間，都會讓「我」這位男子出場，讓他敘述一段不該說的話，這其實蘊含了些許狡猾的想法。我是想在不讓讀者發現的情況下，以那個「我」悄悄的將特殊的神韻呈現在作品中。我自滿的認爲它是日本空前的高水準作風，不過卻敗北了。

不，我的這些敗北告白，應該也算在這篇小說的計劃當中，可能的話，我想稍後再說明。不，總覺得連這句話都是我事先準備好的。啊！別再相信我了。我所說的話，一句也別信！

我爲什麼要寫小說呢？是想要獲得新進作家的殊榮嗎？還是爲了錢呢？去掉想要玩弄花招的心情來回答的話，兩者都想要，而且非常想要。啊！我又睜眼說瞎話了，謊話當中的卑劣謊言。我爲什麼要寫小說呢？這眞是傷腦筋的問題。沒辦法！似乎有點故弄玄虛的味道，有些討厭，但一言以蔽之，只有「復仇」二字。

轉到下一段故事吧！我是街頭藝術家，並不是藝術品。倘若我那討人厭的告白也能替我的這篇小說帶來某些神韻的話，就算是有默契，值得深慶。

葉藏和眞野被留下來。葉藏鑽進床上，眼睛眨個不停，沉思著。眞野坐在沙發上整理撲克牌。她將紙牌收進紫色紙盒中，然後說：「那是你哥哥嗎？」

「嗯！」兩眼盯著高高的白色天花板回答，「長得像嗎？」

當作家對他所描寫的對象一旦失去感情，立刻會寫出像這樣散漫的文章。不，別再說了！那是很低劣的文章。

「嗯！鼻子！」

葉藏笑出聲。葉藏的家人，全都長得像祖母，鼻子很長。

「多大年紀了？」眞野也笑了笑，問。

「你說哥哥嗎？」臉轉向眞野，「很年輕！三十四歲。愛擺高姿態，洋洋自得，很討人厭！」

眞野忽然抬頭看著葉藏的臉，他正深鎖著眉頭在說話，她連忙閉上眼睛。

「哥哥這樣還算好，父親……」

話說一半，又不說了。葉藏是個有分寸的人，他成爲我的替身，妥協了。

眞野站起來，走到病房角落，從架上拿取編織的器具，像方才一樣，又坐在葉藏床頭旁的椅子，一邊編織，一邊想。她所想的既非思想也非愛情，而是比這些更進一步的原因。

我已經不再說任何一句話了。愈說愈覺得我什麼都沒說，總覺得眞正重要的事，我卻絲毫未觸及。這是理所當然的事吧！漏交代了許多事，也是理所當然的吧！作家本身並不知道自己作品的價値，這是小說界的常識，我雖然不服，但也不得不承認它。自己期待自己所寫作品的效果，這樣的我太愚蠢了，尤其是不應該說出它的效果。一旦說出口時，就會產生其他截然不同的效果，當一推測出它的效果大概是如何時，又會跑出新的效果來，我很愚蠢的不得不永遠在後面追趕著它。至於究竟是拙作或是並不完全是佳作一事，我根本不想知道，搞不好我的這篇小說會創造出我所始料未及的極高價值呢！這些話是我從別人那裡所聽來的，並非從我的肉體滲出來的話，所以才會想依靠它。老實說，我已經失去自信了。

電燈亮了之後，小菅單獨來到病房。一進去立刻彷彿要蓋在葉藏的臉上似的，低聲說：「我喝了酒哦！不可以跟眞野說！」

接著，大大的朝葉藏的吹了一口氣。喝了酒是禁止進出病房的。眼睛餘光中看到眞野正坐在後方沙發，沒停手的在編織，小菅幾乎快叫出來說：「我去參觀江之島回來了，實在太棒了！」接著又壓低聲音，悄悄的說：「騙你的啦！」

葉藏起來，坐在床上。

「剛才都一直只有在喝酒嗎？不，沒關係啦！眞野小姐，可以吧？」

眞野並未停止編織，笑著回答：「雖然不太好……」

小菅仰翻到床上。「和院長四個人一起商量了一下。喂！令兄眞是個策略家，是出入意料的將才！」

葉藏沉默不語。

「明天，令兄會和飛驒一起去警局，據說已經完全解決了。飛驒眞是個大笨蛋！興奮得不得了。飛驒今天就去住那裡了，我不喜歡，所以就回來了。」

「在背後說我的壞話，對吧？」

「嗯，有啊！說你是個大笨蛋！不知道此後還會幹出什麼事。不過，還加了一句——父親也有不對之處。眞野小姐，可以吸菸嗎？」

「嗯！」眼淚都快掉出來了，所以只回答了這一個字。

「可以聽到海浪的聲音耶！眞是間好醫院！」小菅叼著尚未點火的香菸，有點酒醉似的一面急促喘息，一面將眼睛閉上一會兒。不久，突然挺起上半身。「對了！我把你的衣服帶來了，放在那裡。」他用下巴指了指門的方向。

葉藏的視線落在放在門旁，一個蔓藤花樣的大包袱，依然皺著眉。當他們談及至親時，總會露出略帶感傷的神情，不過這只是一種習慣，只不過是自幼所受的教育創造出來的神情。一說到至親，很自然就會聯想到財產這個字眼，這似乎是很正常的事。「母親一定受不了！」

「嗯，令兄也這麼說。他說母親是最可憐的。她還像這樣連衣服都替你擔心呢！是眞的哦！喂，眞野小姐！有火柴嗎？」從眞野手中接過火柴，鼓起腮幫，望著火柴盒上所畫的馬臉。「據說你現在穿的衣服是向院長借來的。」

「這個嗎？是啊！這是院長兒子的衣服。哥哥一定另還說了什麼吧？有關我的壞話。」

「別鬧彆扭了啦！」將香菸點上火，「令兄倒比你新潮喔！他很了解你。不！好像又不是這樣！擺出一副久經世故的模樣，很有一套！大家全都在爭論你這件事的原因，可是他卻在那時候，捧腹大笑。」吐出菸圈，「根據令兄的推測，認爲是因爲葉藏放蕩不羈，因而被錢逼得走投無路，才會這樣。他可是很嚴肅的這麼說喔！也許這是他身爲兄長所難以啓齒的事，所以才會在覺得很難爲情的情況下，變得有點自暴自棄吧！」他用酒後混濁的眼睛看了一下葉藏，「怎麼樣啊？不，這傢伙，料想不到吧？」

今晚住在這裡的只有小菅一個人，根本用不著特地借住隔壁病房，大家聚在一起商量後，小菅便決定也在同一間病房睡覺。小菅和葉藏並排在沙發上睡，舖上綠色天鵝絨的沙發上，另有機關，雖然有點奇怪，但卻也能當成床。眞野每晚都睡在這裡，今晚這張床被小菅搶走了，所以只好向醫院的事務室借來薄蓆，舖在房間的西北角。那裡正好是葉藏腳的正下方附近。眞野不知從哪裡弄來的，她用二片折疊式的矮屏風，很恭敬的將睡覺的地方，圍起來。

「很用心！」小菅一邊睡，一邊看著那個老舊的屏風，獨自竊笑，

「上面畫了秋之七草呢！」

眞野用包巾將葉藏頭頂上的電燈包起來，弄暗之後，向兩人道聲晚安，便躲進屏風後面了。

葉藏輾轉難眠。「好冷！」在床上翻轉著。

「嗯！」小菅也噘嘴附和，「酒都醒了！」

眞野輕輕的咳了幾聲，「要不要蓋點什麼？」

葉藏閉著眼睛回答：「我嗎？好啊！睡不太著，一直聽見海浪的聲音。」

小菅覺得葉藏很可憐。這純粹是大人的感情，雖然這是不須多說的事，但可憐的並非是在這裡的這個葉藏，而是當遭遇到和葉藏相同境遇時的自己，又或許是一般抽象概念中的那個境遇吧！大人都受過良好的感情訓練，所以很容易同情別人，而且對自己的心軟愛流淚相當自負，就連青年們也時常沉浸在這種簡單的感情之中。大人的這些訓練，往好的方面說，假設是跟自己的生活妥協後得來的，那麼青年們究竟是從何處學來的呢？從這種無聊的小說嗎？

「眞野小姐，妳也說點什麼來聽吧！有沒有什麼有趣的事？」小菅多管閒事的想轉換葉藏的情緒，所以向眞野撒嬌。

「這個嘛……」眞野從屏風後方，伴隨著笑聲，只回答了這一句。

「很恐怖的故事也可以！」他們總是既害怕，又很想要聽。

眞野似乎在想些什麼，好一會兒都沒答腔。

「不可以告訴別人喔！」事先先聲明後，不敢太大聲的笑了起來，「這是一個鬼怪故事！小菅先生，沒關係嗎？」

「請說！說說！」他認眞的說。

那是發生在眞野剛當上護士，十九歲的那年夏天的事。同樣是因為女人而企圖自殺的青年，被發現後，被送至某家醫院，當時正好由眞野負責看護。患者因爲服用藥物，所以身上全都佈滿了紫色斑點，已經不可能救活了。在傍晚時，曾一度恢復意識。當時，這名患者看見沿著窗外石牆在玩耍的許多小潮蟹，便說了句，好美啊！當地所生產的螃蟹，活著時的甲殼原本就是紅色的。「身體好了之後，一定要抓幾隻回家。」他說完這句話，就又陷入昏迷。

當天晚上，這名患者吐了二盆洗臉盆的嘔吐物後就去世了。在親人從家鄉趕來之前，病房中只有眞野和青年兩人。眞野忍耐的在病房中的椅子坐了一個小時左右，隱約聽見後方有聲音。屏氣凝神，又聽見了，這回聽得更清楚，好像是腳步聲。心一橫，回頭一看，正後方出現紅色的小螃蟹。

眞野注視著那些螃蟹，哭了出來。

「眞是太不可思議了！眞的有螃蟹！活的螃蟹。當時我還想辭掉護士算了。即使我一個人不工作，家裡也還可以生活。父親這麼對我說，只不過同時也被他嘲笑了一番。小菅先生，你覺得怎樣？」

「好可怕喔！」小菅故意開玩笑的大叫，「是哪家醫院呢？」

眞野並未回答這個問題，窸窸窣窣的翻了個身，自言自語的嘀咕。

「我啊，大庭先生來的時候，也想過要拒絕醫院的聘請。因爲我會害怕啊！可是，來了見面之後，就放心了。他就像現在這樣健康，打從一開始就說要自己一個人去上廁所呢！」

「哎呀！那家醫院，應該不是這間醫院吧？」

眞野停了一會兒，才回答。「就是這裡，正是這家醫院！可是，請把這件事當作秘密，因爲這可牽涉到信用問題呢！」

葉藏發出睡迷糊的聲音，「該不會就是這間房間吧？」

「不是！」

「該不會，」小菅也學他的口氣，「是我們昨晚所睡的那張床吧？」

眞野笑了出來。

「不是！別緊張啦！如果眞的那麼在意的話，早知道我不說就好了。」

「一號房！」小菅悄悄的抬起頭，「從窗戶可以看見石牆的，只有那間房間了。是一號房，喂！是那個少女所住的房間，好可憐喔！」

「別再吵了！快睡吧！騙你們的啦！純屬虛構！」

葉藏在想別的事。他想到阿園的鬼魂，內心描繪出美麗的倩影。

葉藏總是如此坦率，對他們而言，神這個字，只不過是愚蠢人物所饋

送的一種充滿揶揄和好意，沒什麼了不起的代名詞，或許是因爲他們太接近的原因吧！

在這種情況下，輕率的觸及所謂「神的問題」，諸君想必會用淺薄或簡單等字眼來嚴厲譴責。啊！原諒我吧！不論再怎麼笨拙的作家，也會想把自己小說中的主角，悄悄的拉近神明呀！這樣，就說吧！唯有他才酷似神明，酷似那位將自己所寵愛的鳥——一隻梟放至夕陽的天空中飛翔，然後暗自竊笑的望著牠的智慧女神密涅瓦。

第二天，一大早療養院就人聲吵雜，因爲下雪了。療養院前庭中，千棵左右的矮馬尾松同樣覆滿白雪，從這裡往下的三十幾層石階，以及相連接的沙灘也全都覆上一層薄雪。雖然下下停停的，但到中午之前，雪仍在下著。

葉藏在床上俯臥著，畫起窗外的雪景。叫眞野買來木炭畫用紙和鉛筆，從雪完全停止之後，才開始畫。

病房在雪的反射下，相當明亮，小菅橫躺在沙發上看雜誌，不時伸脖子窺探葉藏的畫。他對所謂的藝術，感到有點敬畏。這是對葉藏一人的信賴所產生的感情，小菅從小在看到葉藏之後，就感覺到了，覺得他十分與衆不同。在一起遊戲時，總是將葉藏的與衆不同，歸因於他的聰明。

時髦又很會吹噓且好色，甚至有點殘忍，這樣的葉藏，小菅從少年開始就很喜歡。尤其是學生時代的葉藏，當他在背地說老師們的壞話時，眼睛彷彿快燃燒起來的模樣，更是喜愛。但是他愛的方式，與飛驒等人不同，是一種觀賞的態度。總之，很機靈的，可以跟的時候才跟去，跟去時總是側身站在一旁旁觀。這就是爲什麼小菅總令人覺得比葉藏及飛驒更新潮的原因。

從小菅對藝術略感敬畏來看，這和前述身穿藍外套以端正自己的裝扮有異曲同工之妙，這是因爲他對日復一日的人生，心中還有所期待。像葉藏這般的男人，可是汗流如雨所創造出來的，所以必定非等閒之輩。雖然稍微有此想法，不過在這一點上，還是相當信賴葉藏，只不過有時也會失望。就像現在，小菅偷窺了一下葉藏的寫生，卻很失望。木炭畫用紙上所畫的只不過是海與島的景色，而且還是普通的海與島。

小菅死了心，專心閱讀雜誌上的論談。病房中，鴉雀無聲。眞野不在，在洗衣處，洗葉藏的毛襯衫。葉藏就是穿這件襯衫跳海的，所以帶有些許海的味道。

午後，飛驒自警局回來，滿心興奮的打開病房房門。

「哎呀！」看見葉藏在寫生，誇張的大叫，「在畫畫呀！很好啊！藝術家還要工作，才會增強實力！」

他一面說，一面走近床邊，越過葉藏的肩膀，瞄了一下畫。

葉藏連忙將圖畫紙對摺蓋起來，接著更又摺成四摺，靦腆的說：「不行啦！一陣子沒畫，都生疏了。」

飛驒穿著外套，坐在床沿。

「或許吧！大概是太急躁了。不過，這樣也好，表示對藝術還充滿熱情。嗯，我是這樣想啦！究竟你畫了什麼呢？」

葉藏依然托著下巴，用下巴指了指玻璃窗外的景色。

「我畫的是海。天空和海全都一片漆黑，只有島是白色的。畫到一半時，突然覺得很討厭，所以就不畫了。創意最重要，好像有點像門外漢！」

「有什麼關係呢？偉大的藝術家，全都帶點門外漢的味道。這樣就可以了。剛開始是門外漢，接著又變成專家，再接著又變成門外漢。我又要抬出羅丹了，他是個想要擁有門外漢優點的男人。哎呀，又好像不是這樣！」

「我想要放棄作畫！」葉藏將折疊好的木炭畫用紙收進懷中後，似乎想打斷飛驒的話，說：「作畫不可以慢吞吞的，雕刻也是如此。」

飛驒攏了攏長髮，很簡單的同意了，「我也了解這種心境！」

「可以的話，我想寫詩，因爲詩是正直的。」

「嗯，詩也很好啊！」

「不過，還是很無趣！」他不論任何事都覺得做起來很無聊，「或許我最適合當一位贊助人。賺很多錢，然後再聚集許多像飛驒這樣優秀的藝術家，給予各種資助。怎麼樣？談什麼藝術，實在太丟臉了。」他依然托著下巴，眺望海面，說完後，靜靜的等待自己所說的話的反應。

「不錯啊！這也是一種相當不錯的生活。事實上，這種人也是不可或缺的。」飛驒說著說著，腳步突然搖晃起來。對於自己毫無反駁餘地的模樣，一定人會被認爲眞不愧是馬屁精，實在很討厭。或許他那所謂身爲藝術家的驕傲，終於抬高他的身價，飛驒暗自擺好架勢，準備要再開口說話。

「警察方面，情況如何？」

小菅出其不意開口說，他希望能得到一個無關痛癢的回答。

飛驒的不安，在這裡找到了宣洩口。

「要起訴！以自殺幫助罪罪名起訴。」說完，卻後悔了，覺得有點過分，「不過，最後還是會被緩起訴的啦！」

小菅在此之前，一直躺臥在沙發上，突然站起來，啪的一聲，拍起手來。「麻煩大了！」想要打哈哈含糊過去，可是卻沒用。

葉藏狠狠的轉了個身，仰躺在床上。

他們這種殺了一個人之後，卻還能若無其事的態度，未免太過悠哉，太令人憤慨，有這種感受的諸君，至此應該會首次大呼快哉吧！活該！然而，這是很殘酷的事，哪會有什麼悠哉可言？經常瀕臨絕望，又極易受傷的一朵小丑之花，在無風的狀況下生長，它的悲哀諸君若能明白就好了！

飛驒爲自己不當的一句話所產生的效果，感到驚慌失措，隔著棉被，輕敲葉藏的腳。「沒問題啦！沒問題啦！」

小菅又橫躺在沙發。

「自殺幫助罪呀！」又盡可能不停的耍寶，「還有這種法律呀！」

葉藏縮回腳說：「有啊！是有徒刑的，虧你還是法律系的學生。」

飛驒難過的微微一笑。「沒問題啦！令兄會妥善處理。令兄覺得只是這樣，還算幸運的，十分熱心喔！」

「眞是個人才！」小菅一臉嚴肅的閉上眼睛。「搞不好根本用不著擔心！因爲他可是個大謀略家。」

「笨蛋！」飛驒忍不住發笑。

從床上下來，脫去外套，掛在門旁的釘子上。

「我聽到一件好消息！」跨過放在門邊的陶磁圓火盆，說：「那女人的丈夫，」稍微猶豫片刻，閉著眼睛繼續說：「他今天有來警局。雖然只有單獨和令兄兩人對談，但事後據令兄表示，似乎有點被說動了。他說一毛錢也不要，只想跟對方那名男子見面，令兄拒絕了。令兄以病人目前仍相當激動為由，拒絕他的要求，接著這位先生一臉洩氣的說：『那麼請代向令弟問候，別介意我們的事，要好好保重身體……』」突然打住不說。

因為他對自己所說的話，感到有些興奮。那位丈夫似乎是個失業者，穿著相當寒酸，因此葉藏的哥哥在言談中，不時明顯的在嘴角泛起輕蔑的笑意，他隱忍著，卻充滿積憤，於是說起話來便顯得謙遜得有些誇張。

「能見面的話，就太好了！真是多管閒事！」葉藏盯著右手掌看。

飛驒搖了搖他那龐大的身軀。

「可是……不要見面，比較好。還是就這樣毫不相干比較好。他已經回東京了。令兄送他到停車場，據說還致上二百圓的香奠，還叫那個人寫了一份聲明從今以後毫無瓜葛之類的切結書。」

「好能幹啊！」小菅將薄下唇往前噘起，「只有二百圓啊！眞了不起！」

飛驒兇狠狠的皺起他那張被炭火烤得又光滑又泛油光的圓臉。他們最害怕自我陶醉時被潑冷水，所以，都會認同對方的自我陶醉，都會努力去配合對方的節奏，這是他們彼此間的默契，可是小菅現在卻破壞了這個默契。小菅並不認爲飛驒是眞的如此感激，因爲他還閒言閒語的說那位丈夫的懦弱，實在令人不耐煩，而趁人之危的葉藏的哥哥也實在不像話等。

飛驒開始悠哉的踱步，走到葉藏的床頭，幾乎快把鼻子貼在玻璃窗上，眺望烏雲密佈的大海。

「那個人眞偉大！並不是因爲令兄很能幹，我認爲不是這樣。他眞的很偉大！是因爲已經死心了，才產生出來的美。今天早上已經火葬了，據說他是獨自抱著骨灰罈回家。他搭上火車的身影，彷彿浮現在眼前。」

小菅終於了解了，立刻低聲嘆氣，「實在是件佳話！」

「是佳話，也是好消息！」飛驒突然將臉轉向小菅，因爲他已經不再生氣了。「我經歷這件事之後，覺得能活著眞是太好了。」

乾脆由我露臉吧！如果不這樣做，我就沒辦法再繼續寫下去。這篇小說已經全亂了，我自己已經步伐蹣跚，已經無法處理葉藏，已經無法處理小菅，已經無法處理飛驒了。他們已經等不及我笨拙的筆，已經擅自飛翔了。我緊靠著他們的泥鞋，大嚷著「等我、等我」，如果在此處不調整陣容，我第一個就受不了了。

本來這篇小說是很無趣，只是虛有其表。這種小說，寫一頁或寫一百頁，都一樣。然而這件事，從一開始就有所覺悟。但在寫作時，仍樂觀的期待能出現任何一個適合的東西。我十分高傲，雖然高傲，但總有一兩個優點吧！我對帶著自己調調的臭文章，感到絕望，但卻四處翻箱倒櫃的尋找任何一個適合的東西。不久，我逐漸開始僵硬，已經精疲力盡了。

啊！寫小說最好別想太多！人類以美麗的感情創作出不好的文學。實在是愚蠢哪！這包話隱藏著極大的災難。不靈魂出竅，哪能寫什麼小說啊！一句話、一段文章都包含了十種左右不同的意義，彷彿要跳回自己的胸膛，不得不折斷筆，丟棄。不管是葉藏，或是飛驒，還是小菅，全都不須如此小題大作、惺惺作態的呈現出來。因爲反正已經露出原形。睜隻眼閉隻眼吧！睜隻眼睛隻眼吧！萬念俱灰！

那天晚上、夜闌人靜之後，葉藏的哥哥來到病房。葉藏和飛驒、小菅三人正在玩撲克牌。昨天哥哥第一次來的時候，他們也是在玩撲克牌，但是他們並非一整天都光在玩撲克牌。其實他們反而很討厭撲克牌，若不是窮極無聊，是不會人拿出來玩的。這也是因爲他們絕對避免玩無法充分發揮自己個性的遊戲，他們很喜歡變魔術，自己下功夫去研究各種撲克牌魔術，然後表演，接著又故意讓人看出破綻，然後大笑。其中一人，蓋了一張牌，然後問：「這是什麼花樣？」黑桃女王、梅花騎士，各隨所好的想到什麼就說什麼。一翻開牌，從來沒猜對過，但他們還是認爲總會有猜對的時候。一旦猜中了，將會多麼愉快啊！

總之，他們就是不喜歡長時間等待才有結果的勝負。全靠運氣，刹那間就分勝負的，是他們的最愛。所以，即使拿出撲克牌來，也不會拿在手上拿很久。一天十分鐘，在如此短暫的時間內，哥哥就碰巧遇上兩次。

哥哥進入病房，略皺眉頭。因爲他誤以爲他們經常在玩撲克牌。這種不幸就活生生出現在人生當中，葉藏在美術學校時代也同樣有這種不幸的感覺。曾經在某節法文課中，打了三次哈欠，每次都恰巧被教授看見，的確就只有三次。在日本屈指可數的法語語學老教授，在第三次時，忍無可忍的大聲說：「你在我的課堂中，都一直在打哈欠！一小時打了上百次。」感覺上，教授似乎多數了太多次哈欠的次數。

啊，來看一下萬念俱灰的結果吧！我毫未停筆的一直寫著，而且必須更換陣容不可。至於不多做考慮就能疾筆成書的境界，對我而言，是望塵莫及的事。究竟這會變成怎樣一篇小說？讓我們重頭開始讀起吧！

我描寫的是海邊療養院。這附近的景色相當優美。而且療養院中的人們也全非惡人。特別是三位青年，啊！他們可是我們的英雄。就是這個！

艱澀的道理並不會變成瞎扯蛋！我指的只有這三個人。好，就這麼決定了！就算很勉強，也決定了，別再說了！

哥哥簡單的向大家問候，接著就對飛驒說了幾句耳語。飛驒點點頭，向小菅和眞野使眼神。

等三個人全都走出病房後，哥哥開口說：「電燈好暗！」

「嗯！這家醫院不讓人點燈點太亮。不坐嗎？」

葉藏先在沙發上坐下，說。

「喔！」哥哥並未坐下，似乎仍有些在意電燈的事，不時抬頭看，同時在狹窄的病房中四處走動。「總算把這邊的事解決了。」

「謝謝！」葉藏在嘴裡喃喃說，略低著頭。

「我並沒有任何意思喔！只是，回家之後，又會很麻煩。」今天他並沒有穿和服褲裙，在黑色的短外褂上，不知爲何並沒有綁上外褂細繩。

「當然我也會盡力去做，可是，還是由你親自寫一封文情並茂的信給父親比較好。你們似乎不太在乎，不過畢竟這是件麻煩的事。」

葉藏沒有回答，拿起散在沙發上的其中一張撲克牌，盯著看。

「不想去的話，不去也無所謂。後天要去一趟警局，警方已經特意將偵訊延到現在。今天我和飛驒以證人身分到警局接受訊問。有問你平常的行爲，也都據實回答了。被問到在思想上，是否有任何可疑之處時，我也回答絕對沒有。」

哥哥停止踱步，叉開雙腿在葉藏面前的火盆前，將大大的雙手攤在炭火上方，葉藏隱約看見那雙手微微顫抖著。

「當然，也被問到有關那名女子的事，我只回答完全不知道。據說飛驒也大致被問了相同問題，回答大概也和我相吻合。你也這麼回答，就好了！」

葉藏知道哥哥話中的含意，但卻佯裝不知道。

「不必要的話，可以不用說。只要回答對方所問的話，就好了。」

「被起訴了吧？」

葉藏一面用右手的中指來回摸著撲克牌的邊緣，一面低聲說。

「不知道！這還不知道！」加強語氣這麼說，「我想反正會被警察拘留四、五天，你最好有這種心理準備再去！後天早上，我會來這裡接你，跟你一起去警察局。」

哥哥眼睛盯著炭火，沉默片刻。溶雪的水滴聲交雜著海浪聲，傳入耳中。

「這次這件事被當成事件。」哥哥突然蹦出這句話。接著又用若無其事的口吻，霹哩拍啦的繼續說：「你也必須爲自己的將來著想才行。家裡也不是眞的那麼有錢，今年收成相當不好。雖然告訴你，也幫不了什麼忙，可是我們家的銀行現在也面臨危機，亂成一團了呢！你或許會笑，可是不管是藝術家，或是什麼，首先最重要的就是必須考慮到生活問題。嗯，今後若能重新來過，發憤圖強就好了。我要回去了！飛驒和小菅最好去住我的旅館，每晚在這裡吵鬧，不太好！」

「我的朋友全都很好吧？」

葉藏故意背著著眞野睡覺。

從那天晚上開始，眞野又如往常一樣，睡在沙發床上。

「嗯!那個叫做小菅先生的人，」靜靜的翻了個身，「實在很風趣!」

「啊，他呀!還很年輕喔!和我相差三歲，所以是二十二歲，和我去世的弟弟同年。這傢伙光會模仿我不好的地方，眞是討厭!飛驒就很了不起，已經獨當一面了哦!很有作爲。」沉默了片刻，又小聲的補充說：「每次我一做這種事，他都會拚命的安慰我，還會勉強自己來配合我們呢!雖然在其他方面都很強勢，但唯獨對我們相當謹愼小心。這樣不行啦!」

眞野沒有回答。

「要不要我說一些有關那位女的事啊?」

依然背著著眞野，儘量放慢速度的說。當他覺得有點尷尬，又不知道該如何避免時，就會不顧前後，貿然的讓它尷尬到底，葉藏一直都有這種悲哀的習性。

「其實也沒什麼！」眞野一句話也沒說，葉藏便開始說了起來，「想必妳一定聽說過了，她叫做阿園，在銀座一間酒吧工作。老實說，我只有去過那裡三次，不，是四次才對。所以連飛驒和小菅都不認識她，我也沒告訴他們。」還是別說了吧！「這件事很無聊啦！那女人是因爲生活太苦才死的。臨死之前，我們彼此心中所想的事，完全大不相同。阿園在縱身躍入海中之前，還厭惡的對我說：『你跟我先生很相像！』她有一個無正式婚姻關係的同居先生，據說一直到兩、三年前爲止，都在當小學老師。至於我爲什麼會和她一起去死呢？大概也是因爲喜歡她吧！」他的話已經不能相信了。他們爲何如此拙於敘述自己的事呢？「我曾從事過左派的工作喔！曾經去發過傳單、參加示威遊行，淨做一些不合乎身分的事。很好笑吧？可是，那可是很辛苦的呢！我們之所以會去做，只是魅於將成爲先驅者的光環，並不是爲了地位。不論再怎麼拚命掙扎，也只會煙消雲散，不是嗎？像我，不久或許就會變成乞丐也不一定呢！家裡一旦破產之後，連吃飯都會有問題。我什麼事都不會做，那就只好當乞丐囉！」啊！越說越覺得自己在說謊，不怎麼老實，眞是大不幸！「我相信命運。別急！老實說，我很想畫畫，非常想畫！」抓了抓頭，笑起來「假如能畫出好畫來……」

他說假如能畫出好畫來，而且是笑了笑之後說。青年們，一旦認眞起來，什麼都不會說的，而且會特別用笑來代替眞心話。

天亮了，天空一抹雲都沒有。昨天的雪大致上已融化不見了，只有在松樹樹蔭下和石階的角落，仍留有少許鼠灰色的殘雪。海面上瀰漫著靄霧，從靄霧深處的各個角落，傳來一陣陣漁船的引擎聲。

院長一大早就來葉藏的病房探視。仔細診察葉藏的身體之後，不斷眨著眼鏡底下的一雙小眼睛說：「大致上沒什麼問題了。不過，還是要注意喔！警方那邊我已經仔細說明過了。畢竟你還不算完全康復。眞野小姐，臉上的絆創膏還是拿下來比較好吧？」

眞野立刻將葉藏的紗布取下。傷勢已經痊癒了，就連創痂都已脫落，只剩下白中帶紅的斑點。

「這麼說雖然很失禮，不過今後希望你還是能專注於學業。」

院長說完之後，靦腆的望向大海。

葉藏也總是有受到報應的不好感受，坐在床上，重新穿上脫下的衣服，一句話都沒說。這時，伴隨著尖銳的笑聲，門打開了，飛驒和小菅幾乎用滾的進來，大家彼此互道早安。

院長也向這兩人道過早安後，吞吞吐吐的開口說：「只剩下今天一天，就要分離了，實在很遺憾。」

院長離去之後，小菅第一個問口說：「實在太圓滑了！那張臉簡直就像章魚。」他們對人的臉特別有興趣，並且以長相來決定那個人的全部價值。「在餐廳有那個人的畫像喔！還佩戴著勳章呢！」

「相當拙劣的畫！」

飛驒丟下這樣一句話，走到陽台。今天他穿了一件向哥哥借來的和服，料子是穩重的茶色調。他理了理衣領，在陽台的椅子上坐下。

「飛驒也這麼認爲，頗有大師風範喔！」小菅也走到陽台。「小葉，要不要玩撲克牌？」

把椅子搬到陽台，三人開始漫無目的的玩起撲克牌。

在玩的當中，小菅嚴肅的嘀咕說：「飛驒在作假喔！」

「笨蛋！你才是咧！看你那個手勢！」

三人吃吃的笑出來，一起偷偷的窺探隔壁陽台。

一號房的患者和二號房的患者也都躺在作日光浴用的躺椅上，被這三人的模樣搞得臉紅而發笑。

「大失敗！已經被發現了啦！」

小菅嘴巴張得大大的，對著葉藏擠眉弄眼，三人索性高聲捧腹大笑。他們經常像這樣扮演小丑，當小菅一開口說要不要玩撲克牌時，葉藏和飛驒早已經看出隱藏在背後的詭計了。在閉幕之前的大致情節，早已完全心領神會了。他們一旦發現天然的美麗舞台裝置，便會毫無來由的想演戲。這或許是爲了要當作紀念吧！這時，舞台的背景是早晨的海，然而此刻的笑聲，卻引起甚至連他們也料想不到的大事件，那就是害眞野被這間療養院的護理長斥責。

笑聲過後不到五分鐘，眞野被叫到護理長的辦公室去，非常嚴厲的斥責，要她保持安靜。她幾乎快哭出來的衝出辦公室，去告訴已經停止玩撲克牌，無所事事的待在病房中的三人這件事。

三人彷彿十分痛苦般垂頭喪氣，靜靜的彼此互看了好一會兒。

他們沾沾自喜的詭計，在現實的呼喚下，遭到嘲笑、喊停而徹底破壞了。這幾乎成了致命的一擊。

「不，沒什麼啦！」眞野反倒鼓勵的說，「這棟病房並沒有重症患者，而且昨天我在走廊遇見二號病房的媽媽，她也說熱鬧點好，一副很高興的樣子呢！還說每天都被你們的話逗得發笑。沒問題，無所謂啦！」

「不！」小菅從沙發上站起來。「才不好咧！因爲我們害妳受到屈辱。護理長那傢伙，爲什麼不直接跟我們說呢？去把她找來！假如眞的這麼討厭我們的話，現在馬上就出院好了。隨時都可以出院，無所謂！」

三人在此瞬間，全都發自內心的決定要出院。尤其是葉藏還遙想到四人坐著汽車，沿著海濱逃跑的興高采烈模樣。

飛驒也從沙發上站起來，邊笑邊說：「要嗎？大家一起去找護理長吧？竟敢罵我們，笨蛋！」

「出院吧！」小菅一腳踢向門，「這種吝嗇的醫院，一點也不好玩！被罵倒無所謂，不過她罵人之前的心態，十分討厭！一定是把我們全當成是某種不良少年，一定以爲我們是頭腦既不聰明，帶有資本家味道又多嘴的普通時髦青年。」

說完，又比前次更用力的踢了踢門，接著又忍不住笑出來。

葉藏砰一聲的翻滾到床上，「那麼，我呀！總歸一句，大概就是白皮膚的戀愛至上主義者之流吧！我已經受不了了！」

他們對於這位野蠻人的侮辱，雖依然感到氣憤塡胸，但很悲哀的，想法一轉，又試圖適可而止的巧妙含混過去。他們總是如此。

然而，眞野卻是坦率的。她將雙手往後環靠在門邊的牆上，將略往上翻的上唇，嘛得更高，說：「是啊！實在很過分呢！昨天晚上，護理長室也聚集了許多護士，在玩紙牌，吵鬧得很呢！」

「對呀！過了十二點還吵個不停呢！實在有點不合理！」

葉藏如此嘀咕，還一面一一拾起散落在枕頭旁的木炭畫用紙，仰躺在床上，開始塗鴉。

「因爲自己做壞事，所以看不出別人的長處。雖是小道消息，不過據說護理長是院長的小老婆！」

「這樣啊！太好了！」小菅非常高興。「他們總是將別人的醜聞視爲美德，因爲他們覺得十分可靠。「有動章就會有小老婆呀？眞好哪！」

「你們難道眞的不知道，你們都是在說些不負責任的話，來讓人家發笑嗎？你們儘管毫不在乎的大吵大鬧好了，反正已經無所謂了！也只剩下今天一天而已！事實上，你們根本沒有半個人被罵。我還以爲你們都是很有教養的人！」她單手掩面，突然低聲啜泣起來。邊哭邊打開門。

飛驒攔住她，輕聲的對她說：「不可以跑去護理長那裡喔！好了，沒

事，不是嗎？」

她用雙手掩面，點了兩三次頭，走到走廊。

「好個正義之士！」眞野離去後，小菅吃吃的笑，在沙發上坐下。「竟然哭出來，被自己所說的話沖昏頭了。平常說起話來，雖然頗有大人的架勢，但畢竟還是女人。」

「很奇怪喔！」飛驒在狹窄的病房中，踱起步來。「一開始我就覺得很奇怪。實在很奇怪！竟然哭著飛奔出去，眞令人吃驚。該不會跑去護理長那裡吧！」

「不會啦！」葉藏裝出一副無所謂的樣子回答，並將塗鴉的畫紙丟給小菅。

「是護理長的畫像嗎？」小菅哈哈的捧腹大笑。

「哪個？」飛驒也站著窺視畫紙。「女怪物！眞是傑作！這個像嗎？」

「很像！曾經陪院長到這間病房來一次。畫得太好了！鉛筆借我！」

小菅向葉藏借來鉛筆，在畫紙上加了幾筆。「這裡要像這樣長著角。愈來愈像了！拿去貼在護理長室的門上好了！」

「走！去那裡散步吧！」葉藏從床上下來，伸了伸懶腰。邊伸懶腰，還邊悄悄的嘀咕：「諷刺畫大師！」

諷刺畫大師！我也漸漸厭煩起來。這並非是通俗小說。雖然希望它是一齣具有解毒劑功效，可以醫治我時常變僵硬的神經，以及恐怕也有相同症狀的諸君神經，但總覺得它太過天眞了。假如我的小說變成古典文學的話——啊，我發瘋了嗎？諸君或許反而會覺得我的這種註解是多餘的。甚至連作家都料想不到的地方，都加以任意推測，並且大聲高喊：所以這才是傑作！

啊，死去的大作家是幸福的。活著的笨作家，爲了要讓自己的作品能廣受人喜愛，正汗流浹背的在做出乎預料外的註解。最後終於創造出滿是註解且煩人的拙劣作品。隨便你吧！我可沒有這種剛毅的精神。大概當不成好作家了吧！

果然太天眞了。沒錯！這是一個大發現呢！實在是徹徹底底的天眞！唯有在天眞之中，我才得以獲得短暫的休息。啊，已經無所謂了！別再管我了吧！小丑之花至此大概也枯萎了，而且是既卑賤又醜陋且污穢的枯萎了。對完美的憧憬，對傑作的邀約。「已經夠了！奇蹟的創造主，正是我自己！」

眞野躲進廁所，心想大概連心都在哭泣。不過，卻並未眞能如此哭泣。偷瞄了一眼廁所中的鏡子，拭去淚水，整了整頭髮後，走向餐廳去吃有點晚的早餐。

六號房的大學生坐在餐廳入口處附近的桌子，面前放著已喝完了的空湯碗，一個人無聊的坐著，看見眞野，微微一笑，「你的病人好像已經好了！」

眞野停下腳步，穩穩的抓住桌子的一端，回答：「嗯，已經會淨說些天眞的話來逗我們笑呢！」

「那就好！聽說是一位畫家？」

「嗯，經常說想要畫出偉大的畫作來。」話說到一半，連耳朵都紅起來。「他是很認眞的喔！因爲很認眞，因爲很認眞，所以才會有一些苦處。」

「對呀！對呀！」大學生也臉紅起來，由衷表示同意。

由於大學生已經確定最近就可以出院了，因此愈來愈寬宏大量。這樣的寬宏大量，如何呀？或許諸君很討厭這種人吧！畜生！你敢笑我陳腐？啊，已經暫時休息了，我倒變得有點害羞。我若是不對某位女子加以註解，根本無法愛她。笨男人，明明已經休息了，還犯錯。

「就是那裡，那塊岩石。」

葉藏指著從梨樹枯枝間，隱約可見的大塊平坦岩石，岩石上的凹陷處，四處都留著昨天的殘雪。

「就是從那裡往下跳的。」葉藏轉動他那滑稽似的眼珠子，說。

小菅靜默不語，暗自忖度葉藏的內心，是否眞的不在乎。葉藏雖然並

非不在乎，但卻非常有技巧，看起來十分自然。

「回去吧！」飛驒以雙手撩起和服的衣襬。

三人開始在沙灘上來回走著。海面相當平靜，在正午的太陽照射下，一片白亮。葉藏將石子拋入海中。

「放心啦！現在如果跳下去的話，一切都不成問題了。債務、學校、故鄉、後悔、傑作、恥辱、馬克思主義，還有朋友、森林和花，全都無關緊要了。一回過神來時，我已經站在那塊岩石上笑了。放心吧！」

小菅壓抑住興奮之情，開始胡亂撿拾貝殼。

「別誘惑人！」飛驒勉強的擠出笑容，「不良嗜好！」

葉藏也笑了出來。三人的腳步聲沙沙作響，十分舒暢的在每人的耳中迴盪。

「別生氣喔！剛才說的稍微有點誇張。」葉藏和飛驒互相肩靠著肩走。「不過，唯獨這件事是眞的喔！女人啊！在跳水之前會說什麼呢？」

小菅狡猾的瞇起充滿好奇心的雙眼，故意拉開和兩人的距離走著。

「還在偷聽。她會說好想說家鄉話，女子的家鄉在南方的最尾端。」

「糟了！這對我未免太好了！」

「眞的，喂！這是眞的啦！哈哈！她就只是這樣的女人。」

大型漁船被停放在沙灘上休息，旁邊放有兩只直徑約有七、八尺的精美魚籃。小菅將撿來的貝殼用力的拋向船的黑色船腹。

三人都感到近乎窒息的尷尬。倘若沉默再多持續一分鐘的話，他們或許會索性愉快的縱身入海。

小菅突然大叫。

「快看！快來看！」他指著前方的岸邊。「是一號房和二號房！」

撐著已過了季的白色陽傘，兩位小姐緩緩的朝這邊走來。

「發現我們了！」葉藏的思路又再度復活。

「要跟她們打招呼嗎？」小菅舉起一隻腳，抖了抖鞋上的沙子，瞄了葉藏一眼。只要命令一下，他立刻就會跑過去。

「算了！算了！」飛驒一臉嚴肅的按住小菅的肩膀。

陽傘站住不動，不知在交談什麼，過了好一會兒，突然轉身背著這邊，又開始靜靜的走著。

「要去追嗎？」這回是葉藏鬧起來，瞄了一下正低著頭的飛驒。

「不要吧！」

飛驒感到苦悶得不得了。他清楚的感受到自己的血液因這兩位朋友已和自己漸行漸遠而乾枯了，心想或許是因爲生活所導致的吧！飛驒的生活已略陷窘境。

「不過，眞的很不錯耶！」小菅像西洋人那樣聳了聳肩。他很努力的想要打圓場。「她們已經看見我們在散步了。還很年輕，長得又可愛，感覺很特殊。喂！她們正在撿貝殼呢！學我，眞討厭！」

飛驒一轉念，微微一笑，和葉藏充滿孤寂的眼眸交會。兩人的雙頰都紅起來了。他們都明白，彼此心中都充滿了憐恤之情，他們都很同情弱者。

三人吹著暖和的海風眺望遠方的陽傘，走著。

在遠處療養院的白色建築下方，眞野站在那裡等待他們歸來。她倚著矮門柱，陽光有點刺眼，她將右手放在額前遮擋。

最後一夜，眞野有點心浮氣躁，就寢之後，仍然說了一大堆有關自己樸實家族的事以及偉大的祖先等事。葉藏隨著夜愈來愈深，也愈沉默寡言。依然背著著眞野，一邊愛理不理的回答，一邊想其他事。

眞野不久便開始提起自己眼睛上方的傷痕。

「我三歲的時候，」本來想若無其事的說，卻失敗了。聲音卡在喉頭。「打翻油燈，被燙傷的，所以變得相當彆扭。上小學時，這個傷疤卻愈變愈大，學校的同學都叫我螢火蟲！螢火蟲！」話稍爲中斷，「大家都這麼叫我，我每次心裡都會想一定要報仇。嘿！我眞的這麼想喔！心裡一直想讓自己變成偉大的人物。」她自己笑了起來，「很奇怪，是不是？竟然想成爲偉大人物！還是戴上眼鏡吧！一戴上眼鏡，這個傷疤不就會被稍爲遮掩了嗎？」

「算了吧！這樣反而奇怪。」葉藏似乎有點失氣，突然插嘴。當他感

覺出對某個女人有愛意時，他依然保持舊有思維，會故意對她很刻薄。

「維持現狀就好了。不會很醒目啦！趕快睡吧！明天還得早起呢！」

眞野靜默不語，因爲明天就要分離了。喂！畢竟是不相關的人，要知廉恥！要知廉恥！我也有我傲人之處。一會兒咳嗽，一會兒嘆氣，接著又砰砰作響的粗魯翻身。葉藏佯裝毫不知情，心中在思索著什麼，卻不能說。

我們還是來聽一聽海浪聲和海鷗聲吧！然後再重頭回顧這四天以來的生活。或許可以說他是一個自稱爲現實主義的人，在這四天當中，充滿了諷刺。

這樣的話，就來談談吧！自己的原稿躺在編輯人員的桌上，似乎被充當成茶壺墊，被燙黑了一大片，送了回來，這也是一種諷刺。責備自己妻子不爲人知的過去，一喜一憂之間也是一種諷刺。鑽進當舖的布簾內，但還是拉緊衣領，整了整儀表，不讓人看見自己的落魄相也是一種諷刺。我們自己每天都過著諷刺般的生活。如此受現實壓迫所表現出來的硬漢驕傲態度，倘若你無法理解的話，那麼我和你將永遠都是陌生人。

反正都是諷刺，那就來點好的諷刺吧！眞正的生活，啊，這距離太遙遠了。我還是慢慢的回味這充滿人情的四天吧！短短四天的回憶，卻有勝過五年、十年的生活之處。短短四天的回憶，卻有勝過一生生涯之處。

聽見眞野深沉的鼾聲，葉藏實在受不了不斷沸騰的思潮。正想彎起長長的身體，翻向眞野那邊時，有一個強烈的聲音在耳畔私語。

不行！別背叛螢火蟲對你的信賴！

天色逐漸發白之際、兩人就已起床，因爲葉藏今天要出院。

我很害怕這一天的到來。這大概是愚笨作家懦弱的感傷吧！寫這篇小說的同時，我很想拯救葉藏。不，我是想原諒這隻已化身爲拜倫的賊狐狸。這是唯一一個極痛苦的秘密心願。然而，隨著這一天的逼近，我感覺到比以前更荒涼的情景，又再次無聲無息的侵襲我、侵襲葉藏。

這篇小說失敗了，既毫無飛躍，也毫無任何解脫。我似乎太過拘泥於格式，因此這篇小說才會淪爲低俗之作。敘述了許多不該說的話，而且，總覺得遺漏了許多更重要的事項。這種說法固然高傲，但我若多活幾年，過幾年後再拿出這篇小說來看的話，我將會多麼悲慘啊！恐怕一定會連一頁都還沒讀，就自己厭惡得難以忍受，發抖著蓋起稿子來。就連現在，我都沒有魄力去重讀前面所寫的文章。啊！作家非得赤裸裸的把自己呈現出來不可，這是作家的敗北。

人類以優美的情感，創作出不好的文學。這是我第三度重複這句話。接著，我想進一步給予承認。

我不懂文學。要不要再一次重一頭來過？喂！要從何處下手比較好呢？我難道不是渾沌與自尊心的集合體嗎？這篇小說難道不僅是如此嗎？爲何我全都急著做判斷呢？若不彙整所有的思念，就活不下去，這種吝嗇的習性，到底是跟誰學習的？

要想嗎？那就寫青松園的最後早晨吧！只能這樣囉！

眞野邀葉藏到後山去看風景。

「風景眞的很棒喔！現在一定可以看見富士山。」

葉藏將黑色的羊毛圍巾，圍在脖子上。眞野在護士服上還另外穿了一件有松葉圖案的外褂，並且用一條紅色毛線織成的披肩將臉一圈又一圈的包裹住。兩人一起穿著木屐走到後院，庭院的正北方，有一座紅土高崖聳立，那裡吊掛著一只窄鐵梯。眞野率先以敏捷的步伐，一步一步的爬著梯子。

後山裡枯草遍佈，全覆蓋著一層白霜。

眞野對著雙手手指呵出白氣，讓它們溫暖，同時卻健步如飛的爬著山路。山路微微傾斜並蜿蜒而上。葉藏也一步一步踩在霜上，在後面追趕，並對著凍結的空氣吹口哨。空無一人的山野，想做什麼都可以，但卻不想讓眞野有此疑慮。

下來到窪地。這裡也長滿了枯茅草，眞野站住不動，葉藏也在距離五、六步處停下腳步。在眼前一旁有一間用白色帳篷搭成的小屋。

眞野指著小屋說：「這是日光浴場。輕症病患很多都裸體聚在這裡喔！嗯，現在也是。」帳棚上也蓋滿了霜。「繼續爬吧！」

不知為何變得有些焦急。眞野又跑了出去，葉藏也緊跟在後。一路來到細長的落葉松夾道，兩人累得開始慢慢的走。

葉藏一邊用肩膀喘著大氣，一邊大聲開口說：「妳過年會在這裡嗎？」

眞野並未回頭，也是大聲的回答：「不會！我想回東京去。」

「那，到我家來玩吧！飛驒和小菅也幾乎每天都會到我那裡來。應該不會在牢裡過年吧！我想一定能順利渡過吧！」

心中早已描繪出尙未謀面的檢察官那張爽朗的笑臉。

可以在此結束了！古代的大師都是在這種情況下，意味深長的做結束。然而，葉藏和我，恐怕連諸君也同樣對這種敷衍了事的安慰，已經感到厭煩了。新年、牢房以及檢察官跟我們一點關係也沒有。我們究竟是否從一開始就很介意檢察官之類的事呢？我們只是爬上山頂而已，在那裡有一些東西。有什麼呢？也只有些許的期待和這些牽扯得上關係而已。

好不容易終於爬上山頂。山頂上被簡單的弄平，露出十坪左右的紅土。中間有一座用圓木搭建的矮亭子，四處擺放著類似庭園造景石之類的石頭，也全都覆蓋著白霜。

「不行，看不見富士山。」眞野鼻尖通紅的大叫。「就在這邊，可以看得很清楚喔！」指著東邊陰暗的天空說。

這是因爲朝陽尚未昇起的緣故。呈現出不可思議色彩的一片片雲朵，冒出來又沉澱下去，沉澱後又緩緩流動。

「哎呀！好吧！」

微風拂面。

葉藏遠遠的俯視大海。腳底下就是三十丈深的斷崖，江之島在正下方，小小的隱約可見。在濃濃的晨霧深處，海水上下起伏的波動著。

然後，不，就只有如此而已。

【附錄】

他已非昔日之他

候鳥實在是一種悲哀的鳥，
因為旅行就是牠的生活，
肩負著無法在同一處地方長久居留的宿命。
我這隻年輕的候鳥一生都只是由東往西飛，
又由西往東飛，在如此往返旅程中老去，
實在可悲。

讓我來教你生活吧！欲知詳情，就到我家的曬衣場來好了！讓我在那裡偷偷的教你吧！

你不覺得我家的曬衣場視野絕佳嗎？郊外的空氣既濃郁又清新，不是嗎？人煙又稀少。小心點！你腳邊的木板好像腐朽了，再過來一點好了。是春風！像這樣輕輕的拂過耳際，感覺微微酥癢，這就是南風的特色。

放眼所及，郊外的房屋屋頂稀稀落落的。

你一定曾經憑靠在銀座或新宿的公寓頂樓庭園中的木柵欄，杵著下巴，出神的俯瞰巷內的百萬屋頂。巷內的百萬屋頂全都是相同大小、相同形狀、相同顏色，並且全都擠成一團，重疊再重疊，最後整個淹沒在由黴菌和車塵相混合的胭紅薄霧之中。你一想到在那屋頂下過著千篇一律的生活，一定會閉上眼睛，深深的嘆口氣。

誠如所見，郊外的屋頂和它不同。一座一座，都優雅的主張它所以存在的理由，不是嗎？它那細長的煙囪，是一家名喚桃之湯的澡堂所有。青煙隨著風向北搖曳。煙囪正下方的紅色西洋瓦厝是某位不知名喚爲何的名將軍家，在這附近，每晚都會傳出謠曲聲。

從紅瓦厝開始有兩排栲樹，蜿蜒向南排列。林蔭道的盡頭有一堵白牆，微微發亮，這是當舖的倉庫。那是由一位剛過三十歲，身材嬌小卻相當伶俐的女主人所經營的。她即使在路上和我相遇，也會裝作沒看見我，這是因爲她顧慮到對方名譽的關係。

倉庫後面有五、六棵骯髒的樹木，枝葉往外伸得活像翅膀上的骨骼。它們是棕梠樹，被這些樹木所覆蓋的低矮鐵皮屋頂，是泥瓦匠的家。泥瓦匠現在人在牢裡，因爲他殺了妻子，原因是妻子破壞了泥瓦匠每天早晨最引以爲傲的事。泥瓦匠每天早上最奢侈的一件樂事便是喝半合（一合約〇・一八公升）牛奶，可是那天早上，妻子經過卻打破牛奶瓶。這並不是多麼嚴重的過失，但泥瓦匠卻大動肝火，妻子當場氣絕身亡，於是泥瓦匠被逮捕入獄。泥瓦匠十歲左右的兒子，前些日子還在車站的商店前買新聞來讀，碰巧被我看見。

然而，我想要告訴你的生活，並不是像這樣平凡無味。

來吧！東邊的視野更是好得不得了，人煙更加稀少。小小的黑森林，遮住了我們的視野。那是一片杉樹林，樹林中有一座祭祀稻荷神的神社。樹林盡頭忽然亮起來的地方，就是菜花田之所在，與此相連的前方則有一處約一百坪的空地，上面寫著綠色龍字的紙風箏，靜靜的升上天空。你看，從紙風箏上垂掛下來的長尾巴，從它的尾端垂直接一條線下來的話，剛好是落在空地的東北角，不是嗎？或許你早已經發現在那裡有一口井。不，是發現正在用幫浦打水上來的年輕女子。這就好了，因爲一開始我就想讓你見一見那位女子。

身上穿著一條純白色的圍裙，那是女主人。打好水，右手提起水桶，開始搖搖晃晃的走。要走進哪一家呢？在空地東側長著二、三十株粗粗的孟宗竹。你瞧！女子鑽進那些孟宗竹叢中，接著便迅速消失無蹤。那個！不就正如我所說的，消失不見了？不過，不必在意，我知道她去哪裡。孟宗竹的後方，似乎隱約有點紅色霧光。那是因爲那裡有兩棵紅梅。一定是剛剛含苞待放，在隱約可見的紅色霧光底下，有一黑色日本瓦屋頂。就是那個屋頂，在那個屋頂之下，方才那位女子以及她的先生才剛起床的。

在毫不起眼的屋頂下，有我想告訴你的生活情景。來這裡坐下吧！

那間房子原本是我的，共有三坪、四坪半和六坪三間隔間。隔局相當不錯，光線也很充足。還有一個十三坪大的後院，除了種有那兩棵紅梅外，還有很大朵的百日紅，以及霧島杜鵑五棵；去年夏天，在大門旁還種了南天竹。

房租是十八圓，我一點都不覺得貴。本來想租二十四、五圓，但因爲離車站稍遠，所以就沒那麼做。我一點都不覺得貴，可是還是空了一年。

那間房子的房租，本來是打算要當作我的零用錢，可是因爲這樣，在這一年當中，我都很難有什麼交際應酬。

租給現在這位男子，是去年三月的事，正是後院霧島杜鵑好不容易剛長出新芽之際。在此之前，是某位從前很有名的游泳選手，現在則是銀行員，他和他年輕的妻子兩人住在這裡。

銀行員是個極懦弱的男人，喝酒、抽菸，還很喜歡女色，因此夫妻經常吵架，然而房租卻都會按時繳交，所以我也就不便多說什麼。銀行員前後大約住了三年，後來調職到名古屋分行。今年的賀年片上，總共署名了一位名叫百合的女子和夫妻兩人的姓名。

在銀行員之前是租給一位年約三十的建設公司技師。他和母親及妹妹三人一起住，一家人全都不愛與人交往。技師本身是個不愛打扮的男人，經常穿著青綠的菜葉色衣服，而且是個好市民。母親將滿頭白髮理成短平頭，相當高雅。妹妹則是個二十歲左右的嬌小瘦女子，很喜歡穿箭狀花紋的絲綢衣服。這種家庭可以說是相當樸實，大約住了半年之後便搬去品川方面，接著就音訊全無了。

我在當時也是有點不太滿意，但現在回想起來，不管是那個技師，或是游泳選手，都屬於好房客。這應該就是俗稱的好房客運吧！但是，到了現在這個第三位房客，卻完全變成負面的了。

現在這時候，在那個屋頂下，他一定是躺在床上，悠哉的吸著菸。沒錯！就是在吸菸。

他並非沒有錢，可是就是不繳房租，打從一開始就使壞。

某天黃昏，一位姓木下的人來到我家，站在大門口，以極和藹可親且熟絡的口氣說他在教書法，想租房子。瘦瘦的，身材十分矮小，臉長長的一位青年。穿著一件肩膀到袖口的摺線十分挺直的全新藏青碎白花紋夾衣。

的確看起來是個青年，不過事後才得知，已經四十二歲了，比我大十歲。那名男子的嘴角及眼睛下方，的確有許多鬆弛的皺紋，有些地方看起來不像青年，或許四十二歲還是謊報的呢！不，這類謊言對那名男子來說，一點也不稀，初次到我家來時，就說了一個大謊。我對於他的要求，只回答說假如你合意的話。但我對於房客的身分來歷，並未深入追究，我認為那樣是很沒禮貌的行為。

至於有關押金的事，他是這麼說：「押金兩個月是嗎？這樣啊！嗯，實在很抱歉，可不可以只收五十圓？沒有啦！我當然有錢，不過已經先用掉了。嗯，反正就像是把錢存在您那裡！哈哈！明天一早馬上搬過去，押金到時候再登門送來給您，可以嗎？」

情形就是這樣，我總不能說不吧！而且，我是別人說什麼，我都相信的人。被人騙，也總比騙人來得好，所以我就回答，無所謂，明天或後天都可以。男子欣然接受，微笑著恭敬的行禮，沒再多說什麼便回去了。留下來的名片上面，並沒有寫住址，只有以普通字印著「木下青扇」。字的右上方，有點骯髒的用筆加註「自由天才流書法教授」，我毫無惡意的不禁發笑。

第二天早晨、青扇夫婦用卡車載了許家具，總共跑了兩趟。至於五十圓的押金卻始終石沉大海，根本沒送來。

搬家那天的中午過後，青扇和妻子一起到我家來致意。

他身穿黃色長袖對襟毛衣，煞有其事的背著水壺，腳上穿著一雙類似女性穿的漆木屐。我一走到大門，他立刻說：「哎呀！終於搬好了！穿成這樣，很奇怪對吧？」

接著窺探了一下我的臉，露出牙齒微笑。我總覺得有些不好意思，隨口敷衍的回答說：「很辛苦吧？」同時也回以微笑。

「這是內人，請多關照！」

青扇誇張的以下巴指了指不發一語站在身後，身材略顯高大的女子。我們彼此點了點頭，她穿著有麻葉圖案近似綠色的青綠色絲綢夾衣，上面罩了一件仍是絲綢布料的絞染紅色外褂。

我瞧了一眼那位太太有著寬下巴且柔軟的臉，感到有點畏懼。雖然並不認識，但心中卻有強烈的這種感受。臉上蒼白得毫無血色，一邊的眉毛高高揚起，另一邊的眉毛則平靜的躺著。眼睛細細長長的，輕輕的咬著薄下唇。起初我還以爲她在生氣，不過不久就明白並非如此。

夫人點了點頭致意之後，彷彿是背著青扇的，悄悄的將一個大禮袋放在門口台階上，低聲卻乾脆的說：「一點小紀念品！」接著又再一次點頭致意。點頭致意時，依然揚起一邊眉毛，咬著下唇。我想這大概是她平常的習慣吧！

青扇就此告辭離去。我愣了一下，接著便火冒三丈。當然押金也是原

因之一，最重要的是，感到似乎被擺了一道，變得十分焦燥不安。我斜眼看了一下台階，提起那個令人不好意思的大禮袋，看了一下裡面，裝的是麵店的五圓禮券。一時之間，我完全被弄糊塗了。

五圓的禮券，未免太愚蠢了！

突然間，我產生不祥的預感，該不會打算把它當成押金吧？我心中如此想。果眞如此的話，就必須馬上送還不可。我實在忍無可忍，感到厭惡極了，將禮袋放入懷中，立即出門，隨後追趕青扇夫婦。

青扇和太太都還未回到新居。我想大概是順道去買東西吧！我從他們粗心忘了關上的大門，進入屋中。我想埋伏在這裡等，平常我根本不會興起如此亂來的念頭，似乎是懷中的五圓禮券所引發的情緒失常。

我走過門口的三坪空間，進入六坪大的客廳。這對夫婦大概已經很習慣搬家，已經將家具用品大致整理好了，地板上，還擺飾了一個瓦盆，上面有三朵淡紅色的花盛開著。壁上的軸，是裱裝好的北斗七星四個大字。詞句雖然也一樣好笑，但字體更是滑稽，似乎是用漿糊刷之類的東西寫出來的，粗得離譜，而且墨滲得亂七八糟。雖然沒有落款，但我一眼就可以斷定是青扇寫的東西。總之，這就是所謂的自由天才流吧！

我又進到裡面的四坪半的房間，衣櫥和鏡台都整齊的擺放在定位。一張腳踝纖細的巨大裸婦素描被框在圓形玻璃相框中，掛在鏡台旁的牆上。這大概是女主人的房間，尚新的長方形火盆與和它似乎是同一組的漂亮茶櫃，並列放置在牆邊。長方形火盆上放著一只鐵壺，火正在燒著。我先坐在長方形火盆旁，抽著菸。

剛搬好的新居似乎挺惹人感傷。我也試著去想像他們夫妻在討論那幅畫以及這只長方形火盆的擺放位置時的情形，深刻的體會出當生活面臨改變時的那種精神奕奕的幹勁。只吸完一根香菸，我站起來。

五月時再來換榻榻米吧！我一面想著這些事，一面走到大門外，又再從大門旁的柵欄門繞到庭院，坐在六坪的客廳等青扇夫婦。

當庭院中，百日紅的枝幹開始被夕陽染紅之時，青扇夫婦終於回來了。正如我所推測的，他們是去買東西。青扇肩上扛著掃帚，太太右手提

著裝滿各式物品的水桶，看起來似乎很重。因爲他們是打開柵欄門進來的，所以立刻就看到我，但卻並未太吃驚。

「哎呀！是房東先生啊！歡迎！」

青扇肩上扛著掃帚，微笑的輕輕點頭。

「歡迎光臨！」女主人也一如往常揚起單邊眉，不過卻比先前顯得輕鬆自若，露出潔白亮眼的牙齒，邊笑邊打招呼。

我心中十分爲難。押金的事，今天還是暫時別說吧！只要責備一下麵店禮券的事就好了。不過，這也失敗了。我反而和青扇握手，並且更亂來的是，彼此還互爲對方高呼萬歲。

我順著青扇的邀約，從旁邊進入六坪的客廳。我和青扇面對面坐下，心中一直思索該從何處切入話題。當我喝了一口女主人所泡來的茶時，青扇一聲不響的站來，接著從隔壁房間拿來將棋盤。誠如您所知，我是下棋高手，心想下一盤也無妨吧！我也一邊微笑，一邊靜靜的排棋子。

青扇的棋風相當令人不可思議，下棋的速度很快。我一受他影響，也下得很快，不知不覺間就被將軍了。這就是他的棋風，也就是所謂的奇襲。我輸了幾盤之後，漸漸開始狂熱起來。由於屋內有點暗，因此便搬到迴廊繼續下。結果，十比六，我輸了。我和青扇都已精疲力盡。

青扇在比賽中，一句話都沒說。一直保持盤腿而坐，略微向前傾斜的姿勢。

「棋逢對手！」他一邊將棋子收入盒中，一邊嚴肅的說：「要不要躺一下！哎呀呀！好累喔！」

我失禮的伸直腳，腦後門隱隱刺痛。青扇也將棋盤推到一旁，直挺挺的躺下來，接著又杵著下巴，望著已開始籠罩在夜暮下的庭院。

「喂！有游絲（春夏季時地面上出現的水蒸氣）！」他低聲叫，「眞不可思議！你看！現在這個季節，還會出現游絲。」

我也爬向迴廊邊，看著從庭院黑色濕土上冒出的水蒸氣。突然想到自己怎麼這麼愚蠢，竟然重要的事，一句都沒說出口，就跟人家下棋、找游絲。我趕緊重新坐好。「木下先生，很傷腦筋喔！」說完，從懷中取出那個禮袋，「這，我不能收！」

青扇突然一臉疑惑的，站起來。我也擺好架勢。

「這是一點小意思！」

他太太也探出頭，看著我，屋內的燈光有點暗。

「是嗎？是嗎？」青扇一副毛毛躁躁的樣子，點了好幾次頭，皺著眉頭，不知在看遠方的什麼東西，「那麼，先在這裡吃個飯吧！有話，待會兒再慢慢聊！」

我並不想再留下來吃飯，只想趕快處理好禮袋的事，於是跟在他太太的後面，走進屋內。這樣好像不太好，我竟然喝了酒。當他太太勸我喝一杯時，心裡雖然覺得很爲難，但是喝了二杯、三杯之後，我漸漸平靜下來。

我一開始就打算嘲諷青扇的自由天才流，所以我回頭看了一下牆上的掛軸，問說：「這是自由天才流嗎？」

青扇一聽，醉得已微紅的眼睛周圍又變得更紅，苦笑似的笑起來。

「自由天才流？啊，那是騙人的啦！因爲我聽說，如果沒有工作的話，這種時機，房東大都不會租給他的，所以，哎呀！才會胡謅的啦！你可別生氣喔！」說完，又是一陣哈哈笑。「這個是在舊貨店看到的。竟然有如此搞笑的書法家，覺得很吃驚，所以就以三十錢買下它。上面也只是寫著北斗七星四個大字，根本毫無意義，所以倒也蠻喜歡，因爲我比較喜歡簡單一點的東西。」

我認爲青扇一定是一個相當傲慢的人。傲慢的人，總喜歡把自己的興趣弄得與衆不同。

「很不好意思，你說你沒工作是嗎？」

我又開始擔心五圓禮券的事。一定有什麼不好的事，我心裡想。

「是啊！」一邊喝，一邊又咯咯的笑。「不過，您不用擔心！」

「不是啦！」盡可能努力表現出很冷淡的模樣，「我就老實說吧！其實我是很擔心這五圓禮券的事。」

女主人一面替我斟酒，一面說：「眞是的！」她用又胖又短的手理了理領子之後，微笑說：「都是木下不好，這次這位房東既年輕又善良，居然說出如此失禮的話，還勉強弄出這麼一張奇怪的禮券，眞是的！」

「是嗎？」我不禁笑出來，「是嗎？我也嚇了一大跳！有關押金……」我欲言又止。

「是嗎？」青扇模仿我的話，「我知道了，明天再送到府上給您，因爲銀行今天沒營業。」

經他這麼一說，我才想到今天是星期日，於是我們毫無來由的齊聲捧腹大笑。

我從學生時代開始就很喜歡天才這個字眼。在讀過朗布羅佐和叔本華的天才論之後，還曾暗地去尋找是否眞有符合書中所描述的天才，但卻始終都找不到。就讀高等學校時，聽說該校有一名年輕禿頭的歷史教授能夠完全記住全校所有學生的姓名及其畢業的中學校名，本以爲他該不會就是天才，而特別注意，然而上課情形卻是亂七八糟。後來才知道，能記住學生姓名及其畢業中學校名，是這名教授唯一可以引以爲傲的事。據說他爲了要記住這些，費了相當大的苦心，幾乎是嘔心瀝血，掏心掏肺的程度。

現在我如此與青扇促膝對談，發現他骨骼好、頭形佳、眼珠顏色純正，還有聲音語調適中，簡直和朗布羅佐和叔本華所訂定的天才特徵十分酷似。的確當時我是這麼想，蒼白削瘦、短軀短頸、說話帶鼻音。

酒過三巡之後，我問青扇說：「你剛才說你沒工作，那麼，你是在做什麼研究工作嗎？」

「研究？」青扇像個惡作劇的小鬼似的，縮著脖子，瞪大眼珠子，不停轉動。「研究什麼？我最討厭研究了。那只不過是胡亂自以爲是的加上註解而已，我最討厭了！我要自己創造！」

「創造什麼？發明東西嗎？」

青扇吃吃的笑起來，脫下黃色的長袖對襟毛衣，只剩下一件襯衫。

「這可有趣了！對呀！是一種發明，發明無線電燈！世界上如果變得沒半根電線桿，那會多清爽啊！首先，你看，對武打電影的外景拍攝來說，將是一大福音。我可是演員呢！」

太太兩度將眼睛瞇得像一條線，忘我的望著青扇那張泛著油光的臉。

「不行啦！你醉了啦！總是胡說八道一通，眞傷腦筋！你別介意！」

「哪有胡說！吵死了！房東先生，我眞的是發明家喔！我一直在思考人究竟要怎樣做才會出名，所以才會發明這個，你坐過來一點，就是這個。現在的年輕人全都得了一種叫做名人病的病，有點自暴自棄又有點沒出息的一種名人病。你，不是啦！假設您是飛行家，飛行世界一周的最快紀錄是多少呢？抱著必死的決心閉上眼睛，一直朝西飛行，睜開眼睛時，看到了層層相疊的群山，您這位地球的寵兒，只不過花了三天而已。這樣您覺得如何？要當飛行家嗎？眞是個不爭氣的窩囊廢！哈哈哈！哎呀！實在抱歉！若不這麼做，那就只好去犯罪嘍！哎呀！一切都會很順利的啦！連我自己都很會精打細算，沒什麼問題！不管是殺人，或是偷竊，都只不過是稍見規模的犯罪罷了！沒問題！不會被發現的啦！在法律時效失效之後，就會聲名大噪，你就會很受歡迎。然而這些和三天的飛行相比，必須忍耐十年左右，這實在不太適合你們這些近代人。好吧！那麼我就來教你一些適合你的循規蹈矩的方法吧！像你這種又色又膽小而且意志薄弱之徒，最佳的方法就是製造醜聞，就會先在鎮上大出鋒頭。跟別人的老婆私奔去吧！怎樣？」

我不管做什麼都可以。我突然感到酒醉時的青扇變得十分好看。這張臉十分罕見。我突然想起普休金，總覺得這張臉似曾相識，沒錯！正是在明信片專賣店中所看過的普休金的臉。烏亮的眉毛，卻有著一張蒼老又佈滿皺紋的那張普休金的遺容。

我也已爛醉如泥。最後我終於取出懷中的禮劵，到麵店去換酒。接著，我們又喝得更醉。初逢知己時的悸動，使得兩人更爲矯情，彼此似乎都察覺出雙方都企圖透過無知的雄辯，更進一步了解對方的那分焦躁。我們不斷多次虛假的感激對方，數度舉杯。猛然回神時，女主人已經不在了，大概去睡了吧！我心想，該回家了！臨別時，彼此握手。

「我很欣賞你！」我如是說。

「我也很欣賞你喔！」青扇也如此回答。

「很好！萬歲！」

「萬歲！」

情形確實大致如此。我一喝醉，經常有個毛病，就是會大喊萬歲。都怪酒不好！不，還是得怪我自己的個性吧！就是那樣拖拖拉拉的，所以我們才會開始如此奇怪的行為。

酒醉後第二天一整天，我感覺自己彷彿已化身為狐狸般恍惚。

青扇並非普通人物。由於我到了這把年紀，仍是單身，終日遊手好閒，所以親朋好友全都看不起我，把我視為怪人。然而我的頭腦可是相當正常、相當協調，一切皆按照一般道德而行，甚至可以說非常健康。比較之下，青扇總覺得有點超乎常人，不是嗎？甚至可以斷言，他並不是一個好市民。我身為青扇的房東，或許對於他的眞面目，最好別知道得太多會比較好，我甚至這麼想。接著的四、五天，我都佯裝一無所知。

然而，當他搬來屆滿一週時，我又遇見了青扇，是在澡堂的澡池中。我一腳踩進沖澡場時，突然聽見有人大叫一聲：「喂！」午後的澡堂中，沒有半個人影，只有青扇一個人在使用澡池。

我一時慌了手腳，趕緊在清水水龍頭前，紅著臉將肥皂塗在手掌上，搓出許多泡泡，看起來十分慌張。突然間，我回過神之後，就故意慢慢的打開水龍頭，將手上的泡沫沖掉，走進澡池。

「那天晚上謝謝招待！」我依然覺得很不好意思。

「哪裡！」青扇一本正經的說：「喂，這個是木曾川的上游。」

我從青扇眼睛所看的方向，得知他說的是澡池上方的那幅油畫。

「還是油畫比較好。眞的是在木曾川畫的吧！不，因爲是油畫，所以才會那麼動人！」他一邊說，一邊回頭看著我，微笑。

「嗯！」我也對他微笑，因爲我根本就不了解他話中的含意。

「這也是經過一番辛苦才畫好的，實在是一幅有良心的畫。畫這幅油畫的傢伙，絕不會來這家澡堂！」

「應該不會不來吧！一面欣賞自己的畫，一面靜靜的浸泡在熱水當中，也很不錯，不是嗎？」

我的這番話，似乎招來青扇的鄙視，他只回了句：「這個嘛！」便伸

出自己雙手手指，並排在一起，盯著那十隻指甲看。

青扇先出澡池，我一邊泡在澡池的熱水中，一邊偷偷望著脫衣場的青扇。他今天穿著鼠灰色的捻線綢夾衣。對於他並沒有在鏡子前面停留太久一事，我有點吃驚。不久，我也從澡池上來。青扇悄悄的坐在脫衣場角落的椅子，邊抽菸，邊等我。我總覺得十分煩躁，兩人一起走出澡堂，路上，他這麼說：「唯有坦誠相見時，才是最自然輕鬆的。當然是指男人和男人嘍！」

那天，我又受邀到青扇家作客。途中暫時和青扇道別，先回自己家去整理頭髮等，稍作打扮之後便依約，立即前往青扇家。然而青扇卻不在家，只有太太一個人獨自在家，在夕陽下坐在迴廊閱讀晚報。我打開大門旁的柵欄門，穿過小庭院，站在走廊前。開口問：「不在嗎？」

「對呀！」視線並未離開報紙，回答說。她緊咬著下唇，似乎十分不高興。

「去澡堂還沒回來嗎？」

「是啊！」

「怪了！他是跟我一起洗的，是他叫我來找他聊天的！」

「他呀！不太靠得住喔！」她不好意思的笑，翻了一頁晚報。

「那麼，我先告辭了！」

「哎呀！要不要等一下？至少也喝杯茶再走！」夫人折好晚報，遞給我。

我在迴廊坐下。院中的紅梅，一粒粒的花苞都含苞待放。

「還是別太相信木下比較好！」

突然在耳邊小聲說，嚇了我一跳，夫人端來一杯茶。

「爲什麼？」我一臉認真的問。

「他很差勁！」她突然揚起一邊眉毛，輕輕嘆口氣說。

我差一點笑出來。她模仿青扇平日引以爲傲的怪異怠惰模樣，我心想這個女人一定是暗自在誇耀她照顧如此一位擁有特殊才能的丈夫的辛勞。

我內心感到十分奇怪，他竟能如此大言不慚的說謊，不過說這樣的謊言，

我也絲毫不遜色。

「雖然任性胡爲是天才的特質之一，但所說的話唯有那一瞬間是眞實的。不是有句話叫做『瞬息萬變』，說難聽一點，就是機會主義！」

「什麼天才！那是不可能的事！」

夫人將我的茶倒在院子裡，又重新泡了一杯。

我剛洗完澡，口很渴，一邊啜飲著熱茶，一邊追問，憑什麼斷定他不是天才。因爲我從一開始就想要找出一些有關青扇眞正面目的蛛絲馬跡。

「因爲他太囂張了！」她這麼回答。

「是嗎？」我笑出來。

這個女人也和青扇一樣，不知是太聰明，還是太笨，總之，根本談不下去。不過、我推測的結果，只知道一件事，那就是她似乎深愛著青扇。

在黃昏的靄霞中，逐漸昏暗不明的庭院，我一面欣賞景色，一面向她暗示性的透露一些折衷的想法。

「木下先生或許另外有什麼想法吧！這麼一來，就不是眞的在休息，也不是在偷懶。就算是在洗澡，或是在剪指甲也一樣。」

「那，你的意思是所以我就得照顧他嘍？」

在我聽來是相當認眞的語氣，所以便以略帶嘲笑的口吻反問說：「你們是不是吵架了？」

「沒有！」太太一臉好笑的說。

一定是吵架沒錯！而且現在一定等青扇等得很心急。

「我先告辭了！啊，我改天再來！」

夜暮低垂，只有百日紅的枝幹輕柔搖曳，依稀可見。我手觸摸庭院的柵欄門，回頭再次向夫人致意。夫人白色的身影佇立在迴廊，恭敬的回禮，我在心中孤寂的喃喃自語著：「這對夫妻是彼此相愛的。」

雖然知道他們是彼此相愛的，但究竟是何許人物，我卻無法充分掌握。究竟是現今所流行的虛無主義，抑或是紅色共產黨？不，或許兩者都不是，只是有錢的紈褲子弟吧！不管如何，我開始後悔輕易的就將房屋租給這種男人。

不久，我的不祥預感逐漸應驗了。三月過去了，四月也過去了，青扇卻一點音訊也沒有。既沒有簽訂任何有關房屋租賃的各式文件，更別提押金，根本分文未取。然而，我也跟其他的房東一樣，很討厭簽合約這類囉嗦的事，也不喜歡把押金轉借到別處去孳生利息，正如青扇抝說過的一樣，只不過是一種儲蓄，所以，哎呀！隨便怎樣都可以。不過不給房租，就太說不過去了。

可是我還是忍耐到五月，一直都假裝不知情。我很希望此舉可以被解讀爲是因爲我毫不在乎與寬大，可是老實說，是因爲我很懼怕青扇。

一想到青扇，總會感到莫名的恐懼與不安，根本不想見到他。雖然明白遲早都要見面，把話說清楚不可，但總是一直逃避，一拖再拖。總之，就是因爲我意志不夠堅強才會如此。

五月底，我終於下定決心要去找青扇，一大早就出門。我總是如此，一想到什麼，如果不早一點把它做好，就會很不舒服。

到了他家一看，大門還關著，大概還在睡覺。在年輕夫婦睡覺時突擊，是很令人討厭的，於是我又折返回來。懷著焦躁不安的心情，整理家中庭院的樹木，好不容易到了中午，我又再度出門。

依然大門深鎖。這次我繞到院子去看看，院中五株霧島杜鵑花，已紛紛盛開得像蜂巢一樣，紅梅花則散落滿地，僅剩滿棵翠綠的綠葉。百日紅從分岔的枝幹處，彷若劈裂般長出纖細的嫩芽。連木板套窗也關著，我輕敲二、三次門，低聲喚著木下先生！木下先生！仍是一片寂靜。

我試著從木板套窗的縫細間，偷窺裡面的狀況。不管年紀多大，人還是會有偷窺的興趣。裡面一片漆黑，什麼都看不見，不過倒可以察覺出彷彿有人睡在六坪大的客廳裡。我將身體抽離木板套窗，思考著是否要再次呼叫看看，最後我並沒有那樣做，轉身直接回家了。

似乎是後悔偷窺所產生的畏懼，促使我垂頭喪氣返回家中。

回到家，恰巧有訪客，就在和這位客人談了二、三年事時，夜暮也已低垂。送走客人之後，我打算第三度造訪。心想，總該不會還在睡吧！

青扇家中燈亮著，大門也開著。

一出聲叫門，「誰？」是青扇沙啞的回答聲。
「是我！」
「啊！是房東先生，請進！」走進六坪大的客廳。
屋內的空氣，似乎有些沉悶。站在門口，側頭往客廳裡瞧，青扇身穿睡袍，正匆忙的在收拾寢具。在微暗的燈光下，青扇的臉看來突然蒼老許多。
「已經要休息了嗎？」
「嗯。不，沒關係啦！已經睡了一整天了。老實說，睡覺是最不花錢的事。」就在談話之間，屋內似乎已收拾妥當，半走半跑似的出到門口，
「讓您久等了！」
看都沒好好看我一眼，立刻低下頭。
「房租一點著落都沒有！」他搶先說。
我不禁心頭火起，故意不答腔。
「太太逃走了！」靠在門口的拉門，安靜的蹲著。由於他是背對著燈

光，所以青扇的臉看來一片漆黑。

「怎麼回事？」我嚇了一跳。

「她不再喜歡我了！大概另外有男人吧！那種女人。」語氣和平常完全不同，十分乾脆俐落。

「什麼時候的事？」我坐在門口的台階上。

「嗯，大概是上個月中旬左右吧！要不要進來？」

「不了！今天還有其他事要做。」我心裡有點發懼。

「唉，說來有點丟臉，我一直是靠女方雙親送來的生活費過日子的，所以才會變成這樣。」

從不停慌慌張張的說話態度中，可以看出青扇想要儘快請客人回家的味道十分濃厚。我故意從和服袖中拿出香菸，問他說有沒有火柴。青扇不發一語走向廚房，拿來一大盒經濟型火柴。

「爲什麼不去工作呢？」我邊抽菸，心中暗自決定要好好慢慢的談。

「沒辦法工作呀！又沒什麼才能！」說話速度還是很快。

「別開玩笑了！」

「沒有啦！如果能工作的話。」

我於是明白，青扇出乎意料，也有坦率的一面。雖然心中塞滿許多話想說，但如果同情他，那麼房租的事就會不了了之。我爲自己加油打氣。

「這樣就很傷腦筋了！我也很困擾，你總不能一直這樣窩在這裡吧？」

我將未吸完的香菸丟在地上。紅色火花打在水泥地上，拍一聲，散開又消失了。

「是啊！我會想辦法。我已經大致有個方向了。實在很感謝你。能不能再等幾天呢？再等幾天就好了。」

我又嘴叼第二根菸，再劃了一根火柴。藉由火柴的亮光，得以稍微窺視從剛才就一直覺得有些不對勁的青扇的臉。我不禁將燃燒中的火柴掉落在地上，因爲我看到了一張惡鬼的臉。

「那我改天再來，沒有也沒辦法！」我很想立刻逃離這裡。

「這樣啊！感謝您專程來一趟！」青扇巧妙的如此說之後，站起來。

接著又自言自語似的說：「四十二之一白水星，流年多變且潦倒。」

我跌跌撞撞的走出青扇家，拚命的往回家的路走。當我稍微鎮靜下來之後，心中逐漸有種上當的感覺，又被狠狠的欺騙了。如今想來，青扇彷若鑽牛角尖的清晰口吻，以及不露痕跡的說出自己四十二歲，這一切都是故意裝模作樣且令人厭惡到極點。我似乎太過好說話了。如此寬大的性格，是不是不太適合當房東？我心中如是想。

接下來的兩三天，我一直都在思考青扇的事。我也拜父親留下的遺產之賜，得以如此遊手好閒的度日，並沒有想去工作的念頭，對於青扇所說的如果能工作的話這句話的含意，我也並非無法體會。然而，青扇假如現在眞的沒有半毛收入的話，如此一來就已經不是一般正常的心態了。

不，說心態似乎太嚴肅了，總之他的神經實在太大條了。我想，事到如今，勢必得設法查明那傢伙的眞面目才行。

五月過去，進入六月，青扇依然沒有半點回音，我非得再去他家一趟才行。

那天，青扇打扮得像運動員，穿著有領子的襯衫配上白褲子，有點害羞的走出來。家中一片明亮，一走進客廳，一看，不知何時買了一套鼠灰色天鵝絨的老式沙發，放在房中靠床的角落，而且在榻榻米的上面還舖上淡綠色的地毯。屋內的品味截然不同，青扇請我坐在沙發上。

院中的百日紅已開出火紅的花。

「實在很抱歉！這次絕對沒問題！我已經找到工作了。喂！阿定！」青扇和我並排坐在沙發之後，對著隔壁房間叫。

身穿水手服，身材嬌小的女子從四坪半大的那間房間突然跑出來。是一位圓臉，雙頰紅潤，相當健康的少女，眼睛彷彿天不怕地不怕般清澈。

「這位是房東先生，打個招呼吧！這是內人。」

我心想到底有沒有搞錯，終於明白剛才青扇面帶害羞微笑的原因。

「您在做什麼工作呢？」

那名少女又再度退回隔壁房間之後，我假裝不知趣的問他有關工作的事。因爲今天已經有充分準備，絕對不會再受騙上當了。

「小說！」

「什麼？」

「沒什麼啦！我以前是讀文學的啦！好不容易到了最近才剛發芽。我在寫一些眞實的事情。」他解釋說。

「什麼眞實的事？」我繼續追問。

「總之就是把沒有的事當成事實，加以報導。這沒什麼啦！就是在註明何縣何村幾號或大正何年何月何日或從當時的報紙得知等字句後，再加上一些沒有的事。也就是小說啦！」

青扇或許是因爲他的新妻子的關係，顯得有些畏縮，始終避開我的視線，一會兒搔一搔長髮中的頭皮屑，一會兒又數度變換翹腳的姿勢，對著我高談闊論。

「眞的可以嗎？不然我可會很傷腦筋喔！」

「沒問題！沒問題！」像要打斷我的話似的重複說沒問題，接著又開朗的笑。我又相信了。

這時，剛才的少女捧著放有紅茶的銀盤，走進來。

「你請看！」青扇拿起紅茶杯，交給我之後，又拿起自己的茶杯時說。接著又轉頭向後。床舖間的那幅北斗七星掛軸已不見，原來的地方放了一尊高約一尺的石膏半身像，半身像旁放著盛開中的雞冠花。

少女紅到耳根的臉被生銹的銀盤遮住一大半，一雙大大的茶褐色眼睛，張得斗大，瞪著他。青扇揮動一雙手彷彿要拂去她的視線，然後說：「請看那尊半身像的額頭。不是有點髒嗎？眞拿她沒辦法！」

少女看也不看，快速飛奔出去。

「怎麼了？」我摸不著頭緒問。

「沒有啦！那是定子從前男人的半身像。這是她唯一的嫁妝呢！她吻的啦！」他若無其事的笑。

我開始感到厭惡。

「很討厭吧！不過，人世間就是這樣，沒辦法呀！她還每天換不同的花，實在也很令人感動。昨天是大理花，前天是螢草，不對，好像是孤挺花，還是大波斯菊。」

就是這種手法！倘若再像這樣被他在不知不覺中蒙混過去的話，就會像以前一樣，希望再度落空。我提高警覺，故意使壞，並沒有理睬他。

「嗯，已經開始工作了嗎？」

「啊！這個嘛……」喝了一口紅茶，「就快開始了，沒問題啦！因爲我事實上是一位文學書生呢！」

我一面尋找可以放紅茶杯的地方，一面說：「可是你所說的『事實』實在很不可靠！『事實』這個字眼似乎上面又塗上了一層謊言。」

「哎呀！好痛！不要這樣窮追猛打嘛！我呀！森鷗外，你知道吧？我以前可是跟隨在他身邊的呢！『那位青年』這本小說的主角就是我。」

我一聽，感到意外萬分。我在很早以前也曾經讀過這本小說，當中所蘊含的浪漫主義色彩深深吸引著我，久久無法散去。然而我卻不知道書中的那位瀟灑得不得了的主角竟然有一位實際人物。

或許正因爲是老人腦中所編造出來的青年，所以才會如此瀟灑得不得了吧！但眞實的青年是一位猜忌心強、善於心計，且相當苦悶的人。

在我眼中看來也並不十分滿意的那位如水蓮般的青年，眞的是青扇嗎？剛覺有點興奮，立刻又趕緊謹愼起來。

「喔？這我倒是第一次聽到！不過，很抱歉，感覺上主角應該是一位更穩重的少爺才對。」

「這樣說，太過分了！」青扇靜靜的接去我已拿得發膩的紅茶杯，和自己的杯子一起收進沙發底下。「在那個時代，那樣就很不錯了。不過，如今那位青年也變成如此了。我想應該不光只有我而已。」

我再重新看了一次青扇的臉。

「那只不過是一種抽象的描述，不是嗎？」

「不是！」青扇懷疑的看著我的眼睛，「說的是我的事。」

我又感受到一種類似憐憫之情。

「哎呀！今天我就先回去好了！你一定要開始工作喔！」丟下這麼一句話，我走出青扇的家。

回家途中，心中有點不敢奢求青扇會成功，且有些沮喪。

這是因爲青扇那番有關青年的談話，已經侵入我的身體，使得自己變得異常頹喪，再加上又很希望青扇的這段新的婚姻能幸福美滿所導致的。我逐一思索，即使沒有拿到房租，對我而言，並不會讓我的生活陷入困境，頂多也只是零用錢的花用比較不方便罷了。爲了那個不幸的老青年，我只好忍受不自由囉！

我有一個缺點，很容易被藝術家吸引。特別是當這名男子被世人批判爲不正經時，更是爲之怦然心動。假如青扇眞的如他所說，才剛發芽的話，那就不能讓他因爲房租的事而擾亂思緒。目前最好暫時擱置這件事比較好，靜待他出人頭地吧！我在此時，不經意脫口而出：「**He is not what he was.**」心中感到相當高興。

我在唸中學時，在英文文法教科書中，發現了這句話，心中頗受感動。這句話也是在我受了五年中學教育當中，唯一至今仍無法忘卻的一句話。把每一次造訪都會帶給我某種新的驚奇與感慨的青扇和這句文法例句

聯想在一起，我開始對青扇抱持某種特殊的期待。

然而我很猶豫，不知該不該將我的決定告訴青扇。這大概就是房東情結吧！說不定明天青扇就會把所有未清的房租全都拿來。就在這種期待的心理下，我並沒有主動告訴青扇我並不要房租這件事。我想這樣或許也能變成激勵青扇的原動力，總之，對雙方都是好的。

七月底，我又再度造訪青扇。心中懷抱著這次不知會有什麼好事發生，或有什麼進步及變化的期待，前去造訪。

到了之後一看，茫然不知所措，並沒有任何改變。

那天，我立刻從庭院繞到客廳的迴廊。只見青扇一個大屁股盤腿坐在迴廊上，大茶碗放在兩腿之間，用一根長得像芋頭般的短棍棒，拚命的攪拌。我開口問：「你在做什麼？」

「哎呀！在泡抹茶啦！你看，我正在攪茶。天氣這麼熱，喝這個最好。來一杯吧？」

我發覺青扇的遣詞用字有些不一樣。不過，現在不是納悶這些的時候，因爲我非喝那些茶不可。青扇將茶碗硬塞給我，接著便坐在被脫在一旁有方格花紋的漂亮浴衣上，快速的倒茶。我坐在走廊，無奈的喝著茶。一入口，有點苦卻不會太苦，果然好喝。

「怎麼了？好優雅呀！」

「沒有啦！因爲很好喝，所以才泡來喝。我已經厭倦寫眞實的故事了。」

「什麼！」

「有在寫啦！」青扇邊綁腰帶，邊朝床邊蹭行。

上回看到的石膏像已不在床邊，取而代之的是放了一個牡丹花樣的袋子，裡面似乎放著三味線。青扇翻了翻放在床邊角落的竹製小型文卷箱，不久抓起一疊折疊得小小的紙張，拿過來。

「我想要寫這類的東西，所以收集了一些資料。」

我放下抹茶茶碗，取過那二、三張紙。似乎是從婦女雜誌剪下來的，標題印的是「四季的候鳥」。

「喂，這張照片不錯吧？這是候鳥在海上因濃霧而失去方向，一味的朝著光線前進，撞上燈塔而死的照片。據說有成千上萬的屍骸。候鳥實在是一種悲哀的鳥，因爲旅行就是牠的生活，肩負著無法在同一處地方長久居留的宿命。我想對此做一系列的描述。主題是，我這隻年輕的候鳥一生都只是由東往西飛，又由西往東飛，在如此往返旅程中老去。伙伴一個一個死去，有的是被槍打中，有的是被海浪吞噬，有的餓死、有的病死，就連待在巢中取暖的時間都沒有，實在可悲。你應該知道有一首歌名叫做『岸邊海鷗聽潮』的歌吧？我以前曾經告訴過你有關名人病的事，比起殺人或搭乘飛機，另外還有更輕鬆的方法喔！而且還可以死後留名。那就是寫出一本傑作，就是這個啦！」

我從他滔滔不絕的言詞當中，又再度嗅出他企圖遮羞的意圖。果然，從廚房門口探出一位並不是上次的那位少女，而是臉色蒼白，梳著日本髮髻，身材稍瘦的陌生女子，偷偷的往這邊窺探。

「那麼，你就去寫那本傑作吧！」

「要回去了嗎？再喝杯抹茶吧！」

「不了！」

我在回家途中又得傷腦筋了。這眞是場災難，在世上果眞有這等渾事？現在我已不是在責難，而是已經厭倦了。

突然，我想起他那番有關候鳥的話，猛然覺得我和他十分相似。並不是身體某個部位，而是有某種相同的獨特風格。雖然也可以說他和我都是候鳥，但這種說法卻讓我感到十分不安，究竟是他影響我？還是我影響他？究竟何者才是一齣悲劇電影？是否是某一方在不知不覺間，一步步侵入對方的心中？是否因爲我期待他轉變才前去造訪的想法被他察覺，因此他受制於我的期待，而使得他不得不努力進行變化？愈想愈覺得青扇和我的風格糾纏在一起，彼此互相反射，於是我開始快速的受制於他。

青扇現在大概在寫他的傑作吧！我開始對他的候鳥小說產生濃厚興趣。吩咐園丁將南天竹種在他的大門旁，就在這時候。

八月時，我在房總那邊的海岸大約住了二個月，一直待到九月底爲

止。回來當天的中午過後，我立刻帶著少許鰈魚乾土產去造訪青扇。我不僅像這樣讓他有和睦的感受，甚至還非常竭盡心力。

一從庭院前走進去，青扇一臉樂不可支的模樣，出來迎接我。他把頭髮剪短，終於看起來比較年輕，可是卻變得一臉凶相。他身穿藏青色碎白花紋單衣，我也很懷念似的搭著他那削瘦的肩膀，一起走進屋內。屋內正中央擺著矮腳餐桌，桌上放有大約一打的啤酒和兩只杯子。

「太不可思議！我心裡老覺得你今天會來。哎呀！太不可思議了！所以一大早就做好這些準備，恭候大駕光臨。太不可思議了！啊，請坐！」

不久我們開始悠哉的喝起啤酒。

「如何呀？工作完成了嗎？」

「那個已經不行了！百日紅上聚集了許多蟬，從早到晚不停吱吱叫，叫得我都快抓狂了。」

我不禁笑出來。

「這是眞的啦！沒辦法，才跑去把頭髮理得這麼短，還煞費苦心做了許多努力。今天你能來，眞是太好了！」發黑的嘴唇滑稽似的略往上噘起，一口氣喝光杯中的啤酒。

「一直都待在這裡嗎？」我將貼在唇邊的啤酒杯，放下。杯中浮著一隻看似蚋的小蟲，在啤酒泡上不斷掙扎。

「是啊！」青扇把雙手手肘支在桌上，把杯子高舉到與眼睛同高，茫然的凝視漲起的啤酒泡，同時心無雜念似的說：「又沒什麼其他地方可去！」

「啊，我帶了土產來喔！」

「謝謝！」

青扇似乎在想什麼，看都沒看我所拿出來的魚乾，依然盯著自己的杯子看。眼睛發直，大概是喝醉了。

我用小指尖撈起泡沫上的蟲之後，不發一語的大口大口喝光它。

「有一句話說，貧則貪。」青扇嘮嘮叨叨的開始說：「我覺得一點都沒錯！哪有什麼清貧這回事。錢誰都要！」

「怎麼了?被什麼不好的東西纏上了嗎?」

我伸開腿,故意望著庭院,心想實在沒辦法一一去理會他。

「百日紅現在還開著呢!眞是令人討厭的花!都已經開了三個月了呢!想要它凋謝,卻凋謝不了,眞是棵笨樹!」

我佯裝沒聽見,拿起桌上的團扇,開始搧起來。

「喂,我又變成一個人了!」

我回過頭。青扇自己倒啤酒,自己喝起來。

「我老早就想問你了,到底是怎麼回事?你是不是做了出軌的傻事?」

「沒有!是大家全都逃走了。實在一點辦法都沒有。」

「是不是你罵跑的?你一定在不知不覺中說了什麼吧?不好意思,你不是在靠女人養活嗎?」

「那全是謊話。」他從桌下的香菸鎳盒中,抽出一根香菸,開始冷靜的吸菸。「事實上,是老家寄生活費給我的。不過,我經常換老婆,這倒是眞的。你看!從衣樹到鏡台全都是我的東西。老婆都是孑然一身來到我這裡。又孑然一身隨時離去。這是我的發明喔！」

「笨蛋！」我悲哀的大口喝下啤酒。

「假如有錢的話，那該多好！好想要錢喔！因爲我的身體已經腐朽了，好想讓五、六丈高的瀑布將我沖乾淨。如此一來，就可以和像你這樣的好人，更無隔閡的交朋友了。」

「別在意那些事！」

雖然很想說我根本不敢奢望能拿到房租，可是卻說不出口。因爲我突然發覺他吸的菸是「希望」牌香菸，心想他根本就不是沒有錢。

青扇知道我的視線停在他的香菸，立刻就察覺我已經知道了。

「希望牌香菸很不錯，既不會太甘甜，也不會太辣，就因爲它沒什麼牡殊味道，所以我很喜歡。何況它的名字取得實在太好了，不是嗎？」獨自做完如此辯解之後，接著又突然轉換語氣，「我已經動手寫小說了，只有十頁左右，接下來就寫不下去了。」指間夾著香菸，用手掌拭去兩邊鼻翼的油。「我以爲是因爲沒有受到刺激，所以才寫不出來，於是甚至還試

著拚命存錢，等存到了十二、三圓時，便前往咖啡館，去裝闊少爺，想要藉助悔恨之情來刺激自己。」

「那麼寫出來了嗎？」

「不行！」

我笑出來。青扇也笑出來，將菸抛到庭院中。

「小說還眞是無聊！不管寫出多麼優良的作品，百年之前早就已經有更優秀的作品擺在那裡了。不論是更新或更明天的作品，在百年之前早已有過了。頂多只不過是模仿罷了。」

「才沒這回事呢！越後面的人越好才對！」

「你是從哪來不知天高地厚的自信？不要隨便亂說！你是哪來的自信？好作家都有他自己優越的獨特個性，不是嗎？因爲他要創造高貴的個性。可是候鳥就無法做到這一點。」

太陽就快下山。青扇不停揮動團扇，驅趕小腿上的蚊蟲。旁邊就是草叢，所以蚊蟲很多。

「不過，有人說沒性格是天才的特質之一。」

我試著如此說，青扇雖然不滿似的噘起嘴，但臉上的某個部位確實嘿嘿的發笑。我看到了，頓時酒也醒了。

果然如此，這一定是模仿我的。記得我曾經教過最初的那位夫人有關天才的荒唐事，青扇也一定聽過沒錯，所以才以這句話作爲暗示，以牽制青扇至今仍不停在心中運籌帷幄的行爲。青扇到目前爲止的那些異於常人的態度，可以說是全都違背了我假裝若無其事對他說的那些話的期待，這個男人無意識的向我耍賴，難道是要向我阿諛奉承嗎？

「你已經不是小孩子了，做傻事也要有個限度，不是嗎？我也不能光讓這間房子閒供起來，地租從上個月開始又漲了一些，而且稅金、保險費和修繕費用等也要花不少錢。給人添麻煩卻能佯裝毫不在乎的表情，不是世上絕無僅有的傲慢精神，就是天生的乞丐。耍賴就到此爲止吧！」說完便站起來。

「哈哈哈！這樣的夜晚，我好像該吹個笛子。」青扇自言自語的唸

著，送我走到迴廊。

我下來到庭院時，太暗了，一時找不到木屐。

「房東先生，電燈被停掉了。」

好不容易才找到木屐，穿上之後，悄悄的瞄了一眼青扇的臉。青扇站在迴廊前，茫然的望著清澈的星空，星空的一端被新宿一帶的電燈照亮得有如發生火災般佈滿紅光。我想起來了，從一開始就覺得似乎曾在某處見過青扇，就在此時，我終於想起來了。不是普休金，而是我以前的房客，那個在啤酒公司擔任技師的房客，他長得和技師的那位將滿頭白髮剪成平頭的老婆婆十分相像。

十月、十一月、十二月，我在這三個月間都不曾到過青扇那裡，青扇也當然不會來我這裡，只有一次在澡堂碰見過。

那是在晚上將近十二點，澡堂也即將關門時，青扇全身赤裸，疲倦的坐在脫衣場的榻榻米上面，正在剪腳趾甲。似乎剛從熱水中起來，削瘦的兩肩還冒著熱騰騰的水蒸氣，看見我卻並未太過吃驚。

「據說在晚上剪指甲，會有人死掉，而且是在這澡堂中的某個人會死掉喔！房東先生，最近我的指甲和頭髮長得特別快！」

嘿嘿地笑著說，同時還喀嗦喀嗦的剪指甲，剪完之後，突然手忙腳亂的穿上棉袍，看也不看一下鏡子，急忙跑回家去。對他的這番舉動，我依然覺得十分無恥，並且更加覺得輕蔑。

今年的正月，我到鄰近地區去拜年，順道也去了青扇那裡。當時，一打開大門，突然有一隻茶褐色體型瘦長的狗對著我吠，嚇了我一大跳。

青扇身穿蛋黃色的兒童罩衫，戴著睡帽，返老還童似的出現在眼前，立刻按住狗的頭，也沒打招呼，劈頭就開始說一些無聊的話話：「這隻狗是在年底時自己迷路跑來的，餵食兩三天後，就變得對我很忠心，只要看到陌生人就會叫，我打算過些時候就帶去別處丟掉。」

我心想，大概又發生什麼丟臉的事吧！我不理會青扇的制止舉動，立刻告辭離去。可是青扇卻隨後追過來。

「房東先生！大過年，說這些話，實在有點不太好意思。不過，我眞

的快發瘋了。家裡客廳跑出許多小蜘蛛，實在很傷腦筋。前些日子，我一個人窮極無聊，想把彎曲了的火鉗弄直，於是便用它敲打火盆。這時老婆喊了聲老公，隨即停止洗濯，眼神怪異的跑進我房裡，說：『我還以爲你發瘋了。』這下子，我反倒是嚇了一大跳。對了，你有錢嗎？算了，沒什麼啦！這兩三天簡直快悶死了，連過年家裡也都沒特別準備什麼。實在很感謝您還特地來一趟，卻沒能好好招待。」

「又娶了新老婆了嗎？」我盡可能使壞的說。

「嗯！」像小孩般靦腆的說。

我想大概又開始和歇斯底里的女人同居吧！

就在最近二月初發生了一件事。有一天深夜，有一位意想不到的女子來找我。一出門口，原來是青扇的第一位太太。包著黑色毛披肩，身穿粗糙的碎白點花紋外套，白淨的雙頰變得更加蒼白。她說有點事想和我談，希望我能和她一起出去一下。我連大衣都沒穿就跟她一起出去。外面正下著霜，輪廓清晰的圓月，冷冷的掛在天空，我們靜默的走了一會兒。

「去年年底，我又再度回來這裡。」憤怒的眼神看著正前方說。

「這個……」我一時不知該說什麼才好。

「是我自己忘不了他。」心無雜念的小聲說。

我緘默不語，我們緩緩的朝杉樹林走去。

「木下先生現在怎麼樣？」

「還是老樣子。眞的很抱歉！」她將戴著綠毛線手套的雙手放在膝蓋上。

「這下可傷腦筋了！我最近才跟他吵架。究竟怎麼了？」

「完全不行，簡直是發瘋了。」

我微微一笑，想起彎曲的火鉗那件事。這麼說來，那位神經過敏的老婆就是她嘍！「他一定是在思考什麼。」我依然決定先反駁的說。

夫人一面吃吃笑，一面回答：「是啊！他說他想變成華族（有爵位的人），然後成爲有錢人。」

我感到一陣寒意，稍微加快腳步。每走一步，被霜凍得鼓起來的土地

就碎裂，發出彷彿鵂鶹還是貓頭鷹的啼叫聲般奇怪的聲音。

「哎呀！」我故意笑出來，「假如不是這種事，他根本就不會開始去做任何工作，不是嗎？」

「他簡直是懶到骨子裡了？」她斬釘截鐵的說。

「究竟怎麼了？很抱歉的問一句，他到底是幾歲呢？他曾說過他四十二歲，是眞的嗎？」

「這個嘛……」這回她並沒有笑。「大概還不到三十吧！他還相當年輕喔！他一直都在變，所以實際年齡我也不知道。」

「不知道他有何打算，好像也沒在唸書。他也會讀書嗎？」

「沒有，只看報紙而已。不過報紙倒是看了三份喔！而且看得很仔細。有關政治方面的報導甚至還重複看了好幾遍。」

我們走到空地。空地上的霜十分潔淨，在月光的照射下，石塊、竹葉、木樁甚至連垃圾堆都閃閃發白。

「好像也沒什麼朋友！」

「是啊！聽說淨做出對不起大家的事，所以就沒往來了。」

「做了些什麼壞事？」我想到金錢。

「都是些無聊的事，根本都是些雞毛蒜皮的事，不過還是壞事。那個人根本分不清好與壞。」

「沒錯！一點都沒錯！簡直是顛倒善惡。」

「不！」她將下巴更埋進披肩裡一些，微微搖頭，「假如是真的顛倒善惡，那倒好。根本是亂搞一通！所以才會覺得很失望的逃走。可是，他卻覺得是在討好人。我走了之後，據說又來了二個人，是嗎？」

「是的！」我並不怎麼用心聽她說話。

「就像是隨著季節在變換。他不是會模仿嗎？」

「什麼？」一下子無法會意過來。

「模仿啊！他呀！他這個人哪會有什麼見解？全都是受女人影響的啦！和文學少女在一起時，談文學；和從商的在一起，就裝時髦。我可清楚得很呢！」

「怎麼會這樣！好像知識很豐富的樣子。」

說完跟著笑起來，然而心中仍充滿感慨。如果青扇現在在這裡的話，我好想緊緊抱住他那瘦薄的肩膀。

「這麼說來，現在木下先生懶到骨子裡去的行爲，就是學妳的嘍？」我說完話之後，開始踉蹌起來。

「是啊！我就是喜歡這種男人，假如能再早一點知道就好了。不過，一切都太晚了。已經不再相信我了，眞是報應！」她輕輕的笑，並大膽的說出來。

我踢了一下腳下的土塊，突然抬頭一看，在灌木叢下悄悄站著一位男子。身穿棉袍，頭髮又長得像從前那樣長。我們同時認出他的身影，悄悄放開握在一起的手，安靜的走開。

「我是來接妳的！」

青扇雖然說得很小聲，或許是因爲附近太安靜了，在我耳中聽來卻異常響亮刺耳。他似乎連月光都嫌太刺眼，皺著眉提心吊膽的望著我們。

我道了聲晚安。

「晚安！房東先生！」他和藹可親的回答。

我只向前靠近兩三步，試著問：「你在做什麼？」

「你別再管我了！好像除了這個之外，就沒別的話好說似的！」一反常態，凶狠狠的如此回答之後，突然又恢復他與生俱來的耍賴口吻說：「我呀！最近都在看手相喔！你看！太陽線已經出現在我的手掌上。你看！嘿嘿！這可是要轉運的徵兆呢！」

他邊說邊高舉左手，對著月光，愈看愈喜歡似的看著自己的手掌上那條所謂的太陽手紋。

什麼要轉運！從那之後我不曾再和青扇見面。管他發瘋還是自殺，都是他家的事，與我無關。我在這一年當中，也飽受青扇騷擾，擾亂了我原本十分平靜的心。雖說我拜遺產之賜，得以安樂度日，但也並非十分充裕，因此受青扇影響，也受到相當程度的限制。

沉且如今回想起來，毫無趣味可言，結果只是令人更加無法喘息。只不過是賦與一般的凡夫俗子某些意義之後，再按照夢想去過生活而已。駿馬果眞不存在嗎？麒麟兒（資優生）果眞不存在嗎？我已經完全不敢有這種期待了。一切的一切全都是過去式的他，只有看見他隨著當天的風向而有些許色調上的改變而已。

喂！你看！青扇正在散步。就在那塊有風箏飛起的空地。身穿橫條紋棉袍，悠哉悠哉的走著。你爲何一直笑個不停？這樣呀！你說很相像？好，那我問你。一下子抬頭仰望天空，一下子搖晃肩膀，一下子又低頭沉思，一下子又揪下樹葉，悠哉的徘徊踱步的那個男人，和在這裡的我，有任何一絲不同嗎？

驚悚、懸疑、詭異，撲朔迷離的夢遊奇遇……
吉振宇——著
夢遊者
Sleepwalker
卷一
午夜狂奔
妻子長期不在身邊，楊曉寂寞難耐下踏進了賓館，
誰知一覺醒來時，卻驚見自己抱著一名女孩的頭顱！
他嚇得在午夜的街道狂奔，身後竟有美女追隨，
詭異的事情接連發生！
被砍去頭顱的女孩悄然出現在楊曉的辦公室內；
報社第一美女董玉潮精神失常，從精神病醫院失蹤；
另一個美女等待他的家中，自稱是他的妻子；
深山中，一座奇特的別墅讓他瞠目結舌……
楊曉已經分不清哪些是真實的哪些是虛幻的，
人清醒時也會做夢，現實中的夢遊，遠比睡夢中還可怕！
普天之下・盡是好書
普天 出版家族
Popular Press Family
http://www.popu.com.tw/

國家圖書館出版品預行編目資料

人間失格／
太宰治著. —第 1 版. —：新北市, 前景
民 106.12 面； 公分. - （文學經典：01）
ISBN◉978-986-6536-57-1（平裝）

作　　者　太宰治
社　　長　陳維都
藝術總監　黃聖文
編輯總監　王　凌
出 版 者　前景文化事業有限公司
行銷企劃　普天出版家族有限公司
新北市汐止區忠二街 6 巷 15 號
TEL / (02) 26435033（代表號）
FAX / (02) 26486465
E-mail：asia.books@msa.hinet.net
http://www.popu.com.tw/
郵政劃撥 19091443 陳維都帳戶
總 經 銷　旭昇圖書有限公司
新北市中和區中山路二段 352 號 2F
TEL / (02) 22451480（代表號）
FAX / (02) 22451479
E-mail：s1686688@ms31.hinet.net
法律顧問　西華律師事務所・黃憲男律師
電腦排版　巨新電腦排版有限公司
印製裝訂　久裕印刷事業有限公司
出 版 日　2017（民 106）年 12 月第 1 版
2021（民 110）年 12 月第 1 版第 10 刷
ISBN◉978-986-6536-57-1　條碼 9789866536571